# 江南之旅

〔美〕

比尔·波特 著

朱钦芦 译

四川文艺出版社

readers-club

北京读书人文化艺术有限公司
www.readers.com.cn
出　品

# 目 录

# 第一章

## 广　州

如果看中国地图，你会注意到有两条河流横贯这个国家。这两条河流的长度都超过了五千公里，从西至东，从世界屋脊流向大海。流经中国北部的那条河是黄河，流经中国中部的那条是长江，西方人叫它扬子江。我想我们还可以加进西江——流经中国南部的一条河。但是中国南部过去在中华文明发展中的角色不是十分显著，这种情况直到近代才发生了变化。

中华文明的发端是在五千年前的黄河中下游地区。在随后的四千年中，黄河流域一直保持着中华文明发展的中心地位。一千多年前，这种情况发生了变化，中华文明发展的中心转移到了长江流域。尽管几百年后，中国的政治中心又回到了北方，但是，长江流域仍然保持了其文明中心的位置。这种情况一直持续到今天。

一千多年前，中国人赋予了这个新的文明中心一个名字。他们叫它"江南"，意思是河之南。说河似乎有点问题，当然应该叫作长江。中国人至今还叫这片地区为江南。如今，这片地区包括了浙江和江西的北部以及安徽、江苏的南部。有些人甚至把湖南北部也算了进去。江南不仅是地图上的一个区域，它也是很难用语言表达的中国人精神上的概念。你问十个中国人"江南"是什么意思，他们会给你十个不同的回答。一些人认为江南意味着成片的苍松和翠竹，而另一些人则想到茶山和种满稻子的梯田，或者是荷塘飘香、鱼跃其间的湖泊。他们会联想到禅院或道观，或是精心修建的园林、云雾缭绕的山峰，等等。但奇怪的是我问到的人中没有人提到这个区域里的城市，尽管其中一些在世界范围内都算得上大城市。不知怎么的，无论人们还联想到其他什么，江南意味着一道诠释得模糊不清的风景和文化，一道与干旱、棱角坚硬的北方风格迥异的风景和文化。

1991年秋天，我决定去这个让我充满了幻想的地方走一走，沿着至今仍连接其行政中心的古老驿道，看看其优美和神奇的景观，其最负盛名的故园和陵地，其民族传统企业，探索其梦幻般的过去，亲睹其云遮雾罩下的真实面目。我那时在香港，作为一个外国人，需要取得签证，而这事总是比较容易搞定的，因为香港紧挨着深圳，签证只需要一天的时间。

取得签证后，我就开始做旅行的准备了。我找出了我的森林工作人员使用的老旧双肩包，往里面塞了几件换洗衣服和一件防雨夹克——毕竟，比起其他河流来，长江是世上水流量最大的河之一，所以雨天连连。我带上了照相机以捕捉我所希望看到的东西，还带了一个笔记本以记录我感兴趣的所见所闻；随身带的一串念珠是乘坐交通工具时的"护身符"；当然啰，还有装着足额钞票的钱包。我盘算了一下，这趟旅行要用六周的时间，大约需要一千五百美元。幸运的是，我找到了两人分摊我的食宿费以降低旅行成本——我邀请了我的朋友芬·威尔克斯和史蒂芬·约翰逊和我同行。

几年以前，芬和史蒂芬刚出版了一本书，书名是《被牺牲者之间》（*Here Among the Sacrificed*），内容是一个流浪者在美国境内搭乘货运列车的自在生活。芬是个诗人，史蒂芬是个摄影师，但是他们并不是单靠写诗和拍照来养活自己，那仅仅是一种喜好，他们必须要寻找其他方式来挣钱过日子。芬的工作类似一个种树工人和园艺师。史蒂芬在一家修理帆船和拖网渔船的船坞里工作。在我们结束了旅行后，他俩来到我所就职的香港电台时，我的同事们都以为是 ZZTop[①] 的成员来了！因为史蒂芬上一次剃掉他的胡子是在 1967 年！这是个错误——他这样评价自己剪掉胡子。而当时这么做是因为他要求参加和平工作团，但是他仍然被拒绝了。芬每年修整他的胡子，使其保持在几英尺的长度范围内，以使他的胡子不会被衣服拉链缠住。

我目睹了他们乘坐的飞机到达启德机场。飞机在这个机场的降落永远是非常惊险刺激的。无论何时，当飞行员做最后一个转弯以对准短短的跑道时，乘客能够看到飞机翅膀尖边的公寓楼里人们正在打麻

---

① 美国著名的蓝调摇滚乐队，其中两个成员留着长长的胡子。——译者注

将或看电视！这让人感到相当震撼。当芬和史蒂芬通过海关时，他俩还在谈论着飞机的着陆，并为自己平安走下飞机而感到庆幸。我满脸笑容地走上前去欢迎他们来到香港。

由于他俩已经在美国得到了前往中国的签证，我们就没有必要耽搁时间了，所以直接来到了火车站。时间已经是 9 月下旬，但香港还没有一点秋天的迹象。气温仍高达九十华氏度。幸运的是我们在香港乘坐的火车是有空调的。但这是我们此行中最后一次享受带空调的交通工具的服务。

我们乘坐的是从香港开往广州的特快列车。车开后，在到达终点前不会停靠任何一站。

1991 年时，深圳还非常简陋，简直就只是一个小市镇。我们的列车进入深圳后，迎面而来的是一个巨大的广告牌，微笑着的邓小平画像似乎在告诉我们变化即将来临。如果这是真的，那么这种变化不像是在深圳，因为至少当时在深圳还看不到这种变化。几分钟后，我们看到了一片风景如画的稻田和有成群鸭子的池塘，农夫们穿着黑色的服装，戴着宽边的竹编斗笠。各种各样的类似风景持续地在车窗外上演了将近两个小时，直到工厂开始出现，它们才消失。最后，出现了高楼大厦。离开香港两个半小时后，我们到达了第一个目的地广州。我们静静地通过了入境检查和海关，感觉自己像是外交人员一样顺利地入境。

出了火车站，我们一边在出租汽车站排着队等车，一边考虑到哪个饭店去住。我们没有预定任何酒店。虽然住不起白天鹅宾馆，但是我们想要住在同这个酒店一样靠近珠江边的旅店，最后决定到爱群宾馆试试。花了十元人民币，出租车把我们送到了这家宾馆的大门处。仅仅花了一百七十元人民币或三十五美元，我们就住进了超值的河景房间，从窗户可以俯瞰珠江河岸。

服务员没有闭锁窗户，所以我们可以呼吸到珠江的气息：它就像是散发着这个城市三百万人汗水的味道。我们用热水冲了个澡，在房间里欣赏了日落，然后沿着河岸的漫步道走下去。不一会儿我们发现

史蒂芬和芬的航班在启德机场降落

自己来到了这个城市最负盛名的餐厅：大同酒家。我们走了进去，沿着楼梯来到了三楼。房间里座无虚席，很显然它的口碑一直很好，我们无可挑剔。在各式各样的菜肴中，我们点的是一道有名的菜品：烤乳猪。低廉的成本让我们只花了十七元人民币，相当于三美元。烤乳猪是如此香脆，如此美味多汁，我们难以置信这样一道上佳的菜品才值这么点钱。而这不过是六个菜中的一个。

从餐馆出来，我们回到了珠江边的漫步道，坐在一条石凳子上，凝望着河对岸所住的酒店。两个年轻人斜靠着河边的栏杆。河岸没有灯，唯一的光亮是洒向地面的满月的月光。我们坐在那里谈论着此行的事宜和我们计划好要参观的地方——哪些山，哪些庙，哪些圣地，哪些历史景点甚至城市，哪些我们所佩服的人物很早以前生活和故去的地方。我们都同意把拜谒中国古代的著名诗人作为我们此行的重点。激动之余，芬写下了这次旅行的第一首诗：

> 在江边榕树的伞盖下，我们开启了三瓶啤酒。
>
> 伴着天上的月亮干杯，朦胧的月光罩着江流。

我们的旅行就这样正式开始了。我们身旁的珠江两千年来吸引着一批又一批的旅行者跨海越洋来到广州。其中一个来自南海，然后沿珠江溯流而上的旅行者就是菩提达摩，正是他将禅宗带到了中国。他从他的家乡印度南部出发，经过了三年的海上航行，终于在公元470年抵达广州。他待过的一个寺庙叫光孝寺，至今犹存，也是我们明天一早就要前往拜谒的第一站。

把背包存入火车站的行李存放处后，我们叫了辆出租车，这里距光孝寺只有五分钟的路程。下车走进光孝寺后，首先映入眼帘的是我们右边的一口水井。根据指示牌介绍，这口井是菩提达摩挖掘的。随后，他向着北方行进，跨过长江，最后在距离嵩山少林寺不远的一个山洞里定居下来。佛教徒尊菩提达摩为中国禅宗的初祖。禅是一种启迪教化的方式，它强调直觉比哲学方法更能让人领悟真理：就像品味一杯茶一样，体悟自己的本来面目。

菩提达摩出现后又过了两百年，一个叫作慧能（638—713）的佛教居士来到了菩提达摩待过的同一所寺院，即我们现在所在的光孝寺。早些年间，他在长江以北的一个寺庙里向禅宗的五祖弘忍（602—675）学禅。慧能在弘忍那里学了九个月，而弘忍的健康每况愈下，于是他决定把衣钵传给弟子，但当时他不知道让谁来继承法统才合适。有一天，他把自己的弟子们召集到一起，说无论是谁，只要能写出一首最能体现禅宗所教境界的偈子，他就是禅宗第六祖。弘忍的大弟子这样写道：

> 身是菩提树，心如明镜台。
>
> 时时勤拂拭，勿使惹尘埃。

慧能听见后笑了，他回应了一首偈子：

> 菩提本无树，明镜亦非台。
>
> 本来无一物，何处惹尘埃？

尽管慧能是个没有剃度的居士，弘忍仍然宣布他成为禅宗六祖。这件事发生在公元 672 年。随后，为了避免他人的嫉妒，慧能离开了那里，前往南方，回到了他所来自的广东省。在深山里待了几年之后，有一天，慧能走进了我们三个此刻正驻足的这所寺院。他注意到当时每个人都在看风中飘动的经幡，而两位僧人正在为此争论不休：一个人说是幡在动，另一个人则说是风在动。慧能打断了他们，说你们都错了，既非幡动，也非风动，是你们的心在动。人们听后瞠目结舌。寺院的方丈走上前来，对慧能说："施主，你一定不是普通的访客。我听说禅宗六祖已经南下，你该不会就是他吧？"慧能承认了自己的身份，并上坛讲经，阐释了真理领域无二元性的道理。事后，方丈给慧能落了发，从此，慧能不再是个居士，真正成了一个出家人。

当走近寺庙的主殿时，我们可以看到在一根旗杆上，一千三百年前那两个和尚心目之中的经幡仍在风中飘动。值得一提的是这座主殿，它是公元 4 世纪时这所寺院里的第一个建筑物。当然，在后来的岁月

7

光孝寺

里它多次被重建。我们对刚修缮不久的大殿的朴素色彩印象深刻。它回避了皇宫专用的黄瓦红柱，代之以唐代建筑风格的灰瓦、棕柱和白墙，以此传达出一种简洁而宁静的韵味。我们的目光投向殿里，看到甚至不少西方人在三尊巨大的木质佛像前闭目凝思。

但是这座寺庙最有名的不是它的大雄宝殿或者它的佛像，而是大殿后面小小的舍利子，其中还有慧能的头发。结束了瞻仰，我们绕着舍利塔走了三圈，然后，点燃了一炷香。菩提达摩和慧能是我们心目中的偶像。身处那里，我们是站在他们曾经生活和讲经的同一个地方。在他们面前我们是卑微的，但是我们也为能瞻仰他们的遗迹而内心窃喜。我们希望在接下来的旅行中能够再次体会到这样的感受。

拜谒了两位禅宗大师后，我们围着寺庙走了走。庙里有很多参天大树，其上钉有铭牌。根据这些铭牌的介绍，这些大树比菩提达摩和慧能的生存年代还要早。这片树林原是公元 3 世纪一个官员的花园的一部分，此人因得罪了皇帝，被贬到了广州。他栽种的这些树叫菩提树，和释迦牟尼坐在其下受到启迪的那棵树一样，又被称为印度扁桃树或者柯树。这些树运到这里的方法和菩提达摩来到中国的方式是一样的：海运。这比麦哲伦航海要早一千年。在随后的岁月中，这个官员的花园变成了佛教寺院，并且从那以后一直作为寺庙存在。

出得寺门，我们遇见了一群生活在寺里的年轻僧人。交谈后得知，他们毕业于厦门佛学院，原来是两年前领着我和史蒂芬到西安以南的终南山寻找隐士的那位和尚的朋友（那次旅行后，我写成了《空谷幽兰》一书），而他们的方丈原来也是寿冶（我二十多年前在纽约第一次学佛教的和尚朋友）的朋友！这个世界真小。

我在哥伦比亚大学读研究生时，寿冶师父也经由香港来到了这所学校。他那时身体非常虚弱，因为他用自己的血抄写了《华严经》，而这是佛教经典中最长的一部。他在学校里是教师，我是学生。因为我是一个西方人，他知道表达自己的意思应该简单明了。他教我"西瓜经"，而"西瓜"是这个经典中他所知道的唯一的英语词汇。他告诉我，要在夏天里想到这个经。所以，在二十年以后的光孝寺里，我想到了

藏有慧能头发的舍利塔

西瓜。虽然现在不是夏天，但我感觉跟夏天差不多。当我们走回庙的大门前，在路对面的一个水果摊上，已经摆满了切好的西瓜。毫无疑问，这是我的老师带来的恩惠。

解了渴，我们又步行了好几条街，来到另一个跟慧能有关的寺庙，六榕寺。顾名思义，这个庙里有六棵榕树。当我们走进庙里，注意到的第一个东西却不是榕树，而是一座九层佛塔。它建于公元537年，是庙建好后五十年修建的。在当地，人们把它叫作花塔，以区分往南几个街区外清真寺的尖塔。那个清真寺建于公元627年，是由穆罕默德的一个叔叔修建的，是中国最古老的清真寺。但是尖塔是一个没有任何装饰、仅有二十五米高的表面光滑的建筑结构，与六榕寺里高达六十米的华丽的佛塔形成鲜明的对比。

塔的入口上方写着"六榕"二字，是由中国古代著名的诗人和书法家苏东坡所写。苏东坡参观这座庙是在他被贬官到岭南期间的公元1100年，也就是他去世前一年。他来时庭院里佛塔的左边有六棵榕树，所以他写下"六榕"以纪念他的到访。其中尚存的两棵榕树依然立在那里，其浓荫覆盖着一座木塔和一座纪念六世祖的大殿之间的庭院。在大殿之内，有一尊塑于公元989年的慧能的青铜塑像。据说这是根据慧能圆寂后的肉身塑成的。他看起来那么瘦，让我们不禁想起该是吃午饭的时间了。

我们很走运，三条街外就是广州最有名的一家素食餐馆。这家餐馆叫作"菜根香"，它的菜肴看起来像肉，吃起来像肉，但实际上却不是。它们是由豆腐和面筋做成的。菜饭非常香，但是我们需要有点喝的，便点了啤酒。但是我们失望地被告知，这家餐馆不供应任何含酒精的饮料。他们说这是一家佛教徒的餐馆，啤酒是被禁止的。也许他们是对的。时间还有些富余，却喝不成酒，我们只好遗憾地付了账，然后考虑接下来做什么。

如果时间接近黄昏，我们可以叫辆出租车去人民桥，然后到珠江乘船游览夜色，但是时间还早得很，于是我们考虑去一个公园。市中心有三个公园，乘出租车都只要几分钟时间。最近的一个兰园，如同

六榕寺花塔

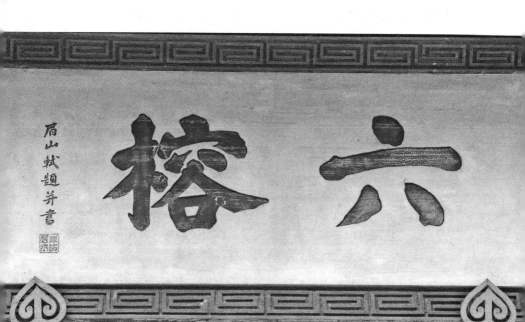

苏东坡手书"六榕"

其名字暗示的，是以兰花为特色的。门票包括了一壶茶。虽然没有啤酒的惬意，但是茶听起来也不错。另一个是很大却散乱的越秀公园，就紧靠着兰园的东边。园里有人工湖和似乎走不到头的小径、城市博物馆，以及带来五位神仙的五只山羊的雕塑，由此，两千多年前才有了广州。最后一个是棕榈树夹道的流花湖公园，予人以难得的舒适感。

正常情况下，以上三个公园都非常好，但我们的目的只是找个地方放松一下，而天气太热，于是我们决定另找个地方凉快一下。所以，我们没有去上述任何一个公园，而是打车去了白云山。从白云山森林覆盖的山坡上可以从北面俯瞰广州城。当然啦，我们以为那里的某个地方会有凉爽的空气等着我们。二十多分钟后，我们到达了那里，或者说至少来到了山脚下。名字很独特，白云山，让我们觉得已经逃离了闷热的城市，进入了另一个世界。

很久以前，这座山上有很多佛教寺庙和道教道观，如今，山上仅有的建筑是八座小楼、几家茶馆和若干亭子。车到半山腰，我们要求司机在能仁寺遗址停一下。一百多年前，这座庙里有五百多个和尚，他们还能习武。不幸的是，这庙毁于"二战"。但是透过藤蔓和野草，我们能看到石头砌成的地基尚存。经过废墟，登上石阶，我们来到一座建成不久的茶馆。茶馆的白色外墙一溜摆放着造型精致的小茶壶和盆栽。茶室里有椅子和十来张木头桌子靠窗摆放着，以便茶客欣赏窗外长满百合花的池塘和周围花木繁茂的环境。

茶馆的名字叫"虎跑泉"。这里的泉水在一千多年前宋代的茶道师父中就非常有名。但是泉水在半山腰，我们还需要往上走一段路才能到。于是我们回到出租车上，继续往上搜寻凉爽一些的空气。在快到山顶前，我们拐向另一条路，路的终点就是九龙泉。我们终于找到了我们所寻找的东西：凉爽的空气和清冽的泉水！

九龙泉是中国南方最有名的泉源之一。人们在一千多年前就来这里取水。它的位置天造地设，三面被白云山山顶的密林围绕。越过松林和竹林，透过轻烟，远处高楼林立的广州依稀可见。我们在石头搭就的阳台上，围坐在一张桃花心木的桌边，点了一壶铁观音。环境让人如此开怀，我们在那里一边品着茶，一边拾遗补阙地完善我们的旅行计划，一坐就是两个多小时。最后，茶喝得快没了味，我们这才离座返回。当我们的车快要下到山脚时，路过了鹿湖，并注意到有两个老者在那里钓鱼。虽然鱼竿是弯在水里的，但他们却坠入了梦乡。我们笑了起来，很高兴还是有广州人知道怎么在炎热的秋天纳凉避暑。我们很想仿效他们，但是我们要去赶火车了。

九龙泉品茶

# 第二章

## 衡阳与衡山

火车票并非唾手可得，特别是软卧席位。所以早在芬和史蒂芬抵达香港前，我便设法找到一个旅行社，他们有办法获得三张珍贵的车票。在火车站行李寄存处取到我们的行李后，我们登上了晚间的特快列车。夜间的火车发出咯噔咯噔的节奏，载着我们穿过把岭南和江南分割开来的南岭山，把我们带往我们的目的地——长江以南。岭南的意思是山之南。山，也就是南岭山。岭南包括了广东、广西以及湖南和江西的南部。也许在下一次的旅行中，我们可以去探究岭南。而这一次，我们的目的是江南。

我们的第一站是衡阳市。火车在夜间穿行岭南时经过了不少地方，到达衡阳正好是黎明时分。走出火车站，我们避开了好些早起的黑导游。他们的报价是一百元人民币或二十美元，带我们在这个城市游半天。很显然，衡阳这个城市花不了一天时间游览。

我们沿着街道走到公交站，登上了一辆开往市区的公交车。几站以后，当公交车停靠在站台上下乘客时，有一个乘客问我是否丢了什么东西。我回答他"没有"。他建议我检查一下衣服口袋。果然，我的钱包不见了！我问他有没有看到是谁偷走了，他指了指窗外。

车站上一个人正在匆匆地清点我的钞票，然后迅速地从车站溜走了。我冲着驾驶员大喊"停车，停车！"他只是耸了耸肩，踩着油门继续往前开了。唉，再见吧，我的钱包。幸运的是，里面只有五十元人民币，大约相当于十美元，而大钱包在双肩包里呢。对不起了，小偷。我也感到一丝自责，因为我放松了警惕，而这就给那些小偷们对外国人下手带来了机会。我不禁笑了，想到这也是自己不经意间对中国经济调整做出了贡献。

几分钟后，我们下了车，把行李寄放在长途汽车站。我以前没有想到这个办法。但是当你在中国旅行，你总需要把行李寄放在某处，这样才能一身轻松地去观光。其实每一个火车站和公交总站都有这样的存放点，只是别忘了问一问存包处什么时间下班，以免耽误了自己取包。你还可以把东西存在旅馆或饭馆，甚至商店的某个安全区域里。这样做可以免了你驮着行囊包袋去观光。

我们的另一个问题是找到我们观光的交通工具。能在有限的时间里看到更多景观的最佳办法是租一辆出租车，而这通常就需要同司机讨价还价。但是在衡阳，我们免去了这个麻烦。当我们走出公交站，我只是偶然向一位交通警察打听出租车，不料这位好心的警察不仅替我们拦下了一辆出租车，还帮助我们跟司机讲价，最后以公道合理的价格谈妥：半天时间六十元人民币。丢失钱包的不愉快情绪消失了，衡阳又回到了我"值得参观城市"的名单中。我们一身轻松地直奔景观地，第一个要参观的景点是石鼓公园。

石鼓公园位于城市的东北角，是湘江和蒸水河的汇合处。湘江是湖南省的主要河流，几个世纪以前，人们就以这条河的"湘"字指代湖南。直到如今，湖南汽车牌照上的汉字还是"湘"。但是我们参观石鼓公园的目的不是湘江，而是孔夫子。一千多年以前，这里是人们学习儒学的主要场所之一，叫作"石鼓书院"。我们到这里是希望能看到当年人们留下的某些遗迹。

当走下出租车，我们惊喜地发现公园已经开门了。本来我们还担心自己是否来得太早了。在公园入口处看了看地图，然后我们径直前往书院。书院建在面向江边的一块突出的岩石岬角上，每逢夏季两条河涨水，这里就变成了一个岛。唉，我们走到连接书院和公园其他部分的桥边，才发现这里的大门紧闭着。我们到公园没有太早，到书院看来是太早了。时间刚过早上7点，而书院要8点才开门，我们要早知道就好了。我们从外面所能看到的是，书院是座粉墙黛瓦的宋代风格的建筑。这组建筑位于突出水中的岩石上，景色秀美，风光如画。但是我们只能从桥上拍拍风景，一会儿就无事可做了。正常情况下，我们会耐心地等下去，但是那天我们还有很多安排，衡山和其历史人文景观仅仅是这个安排的开头。

在走出公园的路上，我们看到几十个人在晨练，其中大多数人练的是太极拳。还有一组大约三十人正在学跳田纳西华尔兹。我们很想加入他们，但是密集的安排再一次提醒自己：我们没有时间。

出了石鼓公园，我们驱车来到岳屏公园。这个公园是围绕着一个人工湖布局的，但那不是我们来这里的理由——这座城市的小博物馆就坐落于公园里。我总是能利用当地博物馆的资源找到我感兴趣的信息，而不必满世界地去寻找。我们到这个公园已经过早上8点了，公园门是开着的。但是，唉，博物馆还是闭着门！唯一的安慰是公园展出的一组模糊不清的照片，内容是在中国境内某山区一次次发现的全身多毛的两足怪物，西方人把它们叫作大足怪或者雪人。

我经常想，这事很具有讽刺性：绝大多数发现都是在湖北省的神农架山上，而好些个道观的师父告诉过我，他们听说六百多岁的道士还生活在这个区域。那么这个多毛的两足怪物会不会是六百多岁的道士需要理发了呢？！几年前，武当山的一个道士医生提出要带我进神农架去见他的师父，一位已经二百五十岁的老道士。不凑巧的是，我当时没有时间接受这样一个机会，因为我必须赶回香港。从那时起，神农架就列入了我的探访清单中。但我这次是探访江南，至于神农架，或许下次吧。

在城市小博物馆看完展览，我们回到了出租车上，告诉司机去另一个公园。衡阳除了拥有"通往南方的门廊"的美誉外，还是中国最有名的大山之一——衡山的入口。事实上，衡阳这个名字，标志的就是它在衡山的位置：阳，南面，衡山之南。人们通常这样谈论衡山，说有六座山峰形成了衡山的中心。但是衡山很大，它的山脉往北延伸到湖南省的省会长沙市的边缘，往南绵延一百五十公里，其回雁峰抵近衡阳中山路的尽头。

说回雁峰是一个山峰有些勉强，因为它可能比市区海拔高不过三十米，但仍被视为最南端的第七十二峰。中国人用数字喜欢虚指，和实际的数字是两回事。无论如何，回雁峰现在成了公园的一部分，其岩石现在被铁丝网和水泥柱子围起来了，人造瀑布从黎明开到黄昏。我们去的那天是个周日，似乎衡阳市的全体市民都来到了山上。公园的尽头是一座庙，里面挤满了香客。有人点着钞票点燃蜡烛和爆竹。在公园的另一端，大喇叭播放着音乐，很像是吉米·亨德里克斯后期的绝佳表演。几分钟后，我们估摸着到了告别山峰离开衡阳的时间了，便回到了公交站，付清了司机的车费，取出了我们的行李，登上另一辆长途车，朝北继续赶路。

不久，我们第一次看到了江南农村。长途车穿过如画般绿色的丘陵、金黄的稻田和红色的土地。凉爽的微风吹进窗户，让我们心旷神怡。

公路非常平整，这毕竟是从广州到北京的国道。从衡阳往北开了约十分钟，我们远远地看到一座山。这座山很大。衡山主峰巨大的外形进入了我们的视野。接下来的十五分钟，汽车绕着山的东侧，沿着道路继续朝北开。越往前，山就变得越大。汽车蜿蜒曲折地穿过最后一个峡谷后停了下来，我们在这个离山脚还有三公里的地方下了车。

下车的地方有一条路直通山脚下，我们背着包朝那里走去。但我们再一次为处理行李的事而犯愁，因为根本没有可能将它们带上山顶。路前方一百多米的地方，右边有条岔路，沿着这条路走上几百米，那里出现了一个观光购物店和小旅店的幌子。其中一家同意看管我们的行李两天，而那正好是我们打算在山上待的时间。

寄存好我们的行李，我们就迈开大步往大山方向走去。但是先要交代一下背景，衡山还有一个名字：南岳，南方的圣山。两千多年前，中国道教创立了其理论，认为世间万物都可以分成五行：五个音调、五种色彩、五种元素，甚至五个方向，即四个基本方向和一个中心。为了与这样的世界观相一致，中国的皇帝周期性地祭祀分布于不同区域的五座圣山。在以前沿着黄河的旅行中，我去了泰山、嵩山和华山，分别是东、中和西方向的圣山。衡山是中国南方的圣山。所以，它被称为南岳。

佛教徒也有自己的圣山，但是佛教是随后才进入中国的。早期中华文明的宗教是萨满教和后来的道教。正是萨满教和道教建立了基础，对大山的崇拜才发展起来。当早期的中国皇帝开始祭祀圣山时，被选定的五座圣山受到了特殊的尊崇。而一千五百年前，衡山就进入了圣山的行列。

　　古代的时候，当皇帝到任何一座圣山祭祀时，都要在专门修建的寺庙里举行盛大的仪式。衡山被指定为圣山后不久，就在靠近山脚的位置修建了一座庙。从那以后，庙数番被毁，又数番重建，但它仍在原来的位置，在村庄的边缘。村庄却围绕着它逐渐扩大，以便能挣点香客的钱。我们在山脚下停下来买了点零食，诸如花生和饼干之类的，然后随着香客的人流走进了南岳大庙的大门。

　　根据传统习俗，我们从南面进到庭院，穿过一连串的拱门和大殿。这组建筑相当新，可以追溯到1882年。这个时间在美国是非常古老的，但在中国就像是昨天。尽管如此，它们还是很有年头了。最后，我们来到了南岳大殿。这个大殿是我们在中国旅行中留下印象最深的地方。它有七十二根巨大的石柱和同样巨大的屋顶。"七十二"这个数字与山峰的数字一致，这些山峰共同组成了长约一百五十公里的山脉。大殿里有一尊祝融火神的塑像，传说他把火带给人间，因而被后世祀为火神。这和五行学说是一致的，与火的元素的南方象限相关。

　　说到火，当香客们把成捆（不是一把，而是上百支香捆一起）的香点着时，大殿外庭院里的香炉中会不时地腾起火焰。我们也点燃了几支香表达我们对祝融的崇敬，然后继续往下参观。参观完正殿以后，我们又看了看正殿后面靠近北门的小殿。当我照相时，突然瞥见一个老妇人的手伸进我的衣袋往外掏东西。一天两次这种事，够了！但当我转头盯着老妇人时，我仍然不知道该做什么，而她立即缩回手转身跑掉了。她一定上七十岁了，但是我吃惊她跑得那么快，一转眼就消失在人群里了。我没有装多少钱在衣袋里，但打湖南的这两次经历后，我的口袋里不再装钱了。

　　最后，该上路了，或者该说是上小路了。站在衡山脚下，我们琢磨着该作何选择：是步行，还是乘汽车？衡山是中国五岳中唯一有公路从山脚下通向较低山顶的山。公交车每十五分钟发一班，或者是装满人就走。那些喜欢步行的人需要知道，小路和公路是平行的。事实上，多数路段小路就是公路，反之亦然。那么徒步背包客们就得忍受公交

火神祝融神龛

车的尾气和喇叭声，而这样做又是为什么呢？在这样的条件下步行爬山，我们看不到有什么意义。

不过也有替代方案，是我们从寄放行李那家客栈的老板那里得知的。我们按照他所说的从大庙的后面一条路上山，走了一公里，在一座小水库边歇了歇。过了那里，是一座为抗日战争中牺牲的烈士修的陵园。我们没有沿着小水库和烈士陵园继续往前走，而是拐向主路。在这条路的左边约二百多米，有一座小水电站。这座电站很像是农夫的住宅，利用附近山溪里的水来发电。我们沿着山溪，走过了一座木板桥，然后沿着小溪边一条泥土小路，走进了一片松林。不久，小路消失了，我们没有选择，只好顺着一条不久前雨水冲出来的沟曲折地行进。客栈老板告诉过我们走这条捷径时不要担心走不出去，它会再次连上小路的。他说得一点不假，一个小时后，我们发现自己回到了小路上。我们沿着这条小路翻过一道山脊后不久，来到了南台寺庙门前的石阶。

我们在庙门前稍作停顿，喘了口气，然后走进了寺庙。这里正在修葺，到处都堆放着巨大的原木和石料。但我们没有泄气。南台寺是禅宗历史上非常重要的一处场所，能来到这里我们非常兴奋。这座庙的历史可以追溯到公元 6 世纪初，其名气因一个两百年后来到这里的和尚而起。这个和尚的名字叫希迁，是我们在广州瞻仰过的禅宗六祖慧能的弟子。希迁与慧能的另一个弟子怀让一起来到衡山修行，后者住在更高的山上的一个寺庙里，而希迁更喜欢南台。他终日在庙门前的岩石区打坐冥想，数年如一日。于是人们不再叫他希迁，而是叫他"石头"。我们很高兴当年希迁做了这个选择——这里为我们提供了一个理想的歇脚处。

在进入庙门前，我们在庙外通向入口处的小摊上买了几个单肩挎的布包，就是和尚和尼姑在寺庙间行走或外出漫游时背的那种包，上面还绣着南台寺的名字。我们觉得这是送给我们在美国的那些信仰禅宗的朋友们的好礼物。我觉得它还有一个好处，就是可以防止小偷扒我的口袋。

整个院子都在修缮，我们在庭院里走得小心翼翼的，以避开四处堆放的砖石木料。终于，我们来到了大殿的入口处。大殿外面有个老妇坐在凳子上，她坚持要看一下我们的手心，因为她从来没有看过外国人的手心，想看看有什么不同。显然，没有什么不同，毕竟我们都是一样的生物，无论先后，我们都是会死的。而她说我们都会活到至少八十五岁。那是听起来很漫长的时间，我们难以想象会活那么久。我们都希望活得比她说的时间短些，在我们活着时还有人照料我们。也许她的预言是错误的。

不管怎样，我们还是谢过了她，然后走进大殿。在里边，我们看到一位老和尚正在和几个女施主说话。这个老和尚的穿戴说明他是寺里的方丈。他说自己的名字叫宝坛，九岁出家来到这里，今年六十六岁了。当我们正在交谈时，有人撞响了大钟。他说现在是午饭时间了，邀请我们和他一道用斋。斋饭当然比不上我们在广州吃到的素餐那么精致，但也还好吃。用完斋后，他邀请我们去他的住处喝茶。我们聊起了有关石头僧的传闻，并问他石头僧的遗体是否葬在寺里。他给我们讲了下面的故事。

宝坛说："不，这座庙里没有葬任何僧人的遗体。石头僧的遗体并没有火化，而是被装进一个大陶罐子，罐口密封后被安放到两公里以外紫云峰的一个佛塔里了。三年前的一个晚上，几个盗贼撬开了佛塔，想找到点什么值钱的，但是他们白费了力气。1943 年，日本人占领期间这座佛塔就被清空了。你们知道，这些日本人也是石头僧的崇拜者，因为他们认为日本索托禅宗世系就是石头僧创建的，而这支禅宗是日本最大的。所以，他们把石头僧的遗体连带陶罐一起运到了日本。我们曾经尝试追索，但是未果，日本人不愿意放弃。奇怪的是，他们对石头僧的遗骸还进行了研究实验：在他的遗骸上插了好多针，从他一千二百年前的肌肉中提取他们说的新鲜组织。"我很庆幸他是在饭后而不是饭前给我们讲了这样的故事。

宝坛没有再接着讲石头僧的故事。待我们饮罢茶，他领着我们走出庙门，指着一块巨大而倾斜的岩石告诉我们，石头僧就是坐在这上面冥思的。那也是为什么他被叫作"石头"的原因，因为"石头"就是指的岩石。我应该说明一下，待我八年以后重新访问这座寺庙时，这片岩石区已经被垫平，改造成了停车场。

我们谢过方丈，然后同他道别，沿着小路继续往山上走。正行间，小路又把我们带上了泥土公路。这也是把建筑材料运到庙里的公路、把香客和旅游者带上山的主要通道。我们顺着公路走了一段后停住了脚步，马路的右边有条小路。在同宝坛告别前，他告诉过我们这条小路会带我们到慧思的陵墓，所以我们踏上了这条路。

慧思在石头僧之前两百年来到衡山，他也建了一座寺庙，但是在山的更高处。我们向松树环绕着的慧思的坟墓表达了我们的崇敬之后，转向土路，继续向他创建的寺庙走去。寺庙就位于公路的左边，叫作福严寺。同南台寺一样，它也是中国最著名的庙宇之一。

当慧思在公元 567 年来到这里时，随他来的徒弟有四十多人。这些徒弟中有一个叫智颛的。在慧思圆寂后，他离开了衡山，去到天台山，在那里建立了自己的佛教流派。同禅宗和净土宗一样，天台宗也保有佛教主要流派之一的地位，不仅在中国，也在日本。而它的发端不是在天台山，而是在衡山，在福严寺。

过去，人们到达福严寺要沿着一条早前的小路从南面上山，走到寺院的西墙。但是现在从公路上山要到达寺庙的东墙，然后进入大门。我们被告知现在没有人走老路了，它已经杂草丛生，路径莫辨。当绕到前门时，我们停下来向一个正在砸银杏的尼姑问话。她所砸的银杏是从慧思一千四百年前亲手所植的银杏树上摘下来的。她停下手上的活儿，指示我们沿着一条石阶路走到庙后的悬崖。悬崖位于庙后仅仅五十米，但我们花了好几分钟才穿过灌木丛，最后，终于来到了她认为我们想要看的地方。凿刻在岩石上的书法是唐代大臣李泌所书。他在公元 8 世纪参观这座庙时写下的三个大字是：极高明。怀让在福严寺的禅宗教学中曾经提到李泌。

怀让是禅宗六祖慧能的徒弟。慧能圆寂后，怀让于公元 713 年来到衡山，完成了慧能开创的禅宗事业。他的徒弟包括了中国境内禅宗

慧思墓

流派的主要开创者，其中就有石头僧。另一个徒弟叫道一，或者叫马祖，他也是较为有名的，也是来到衡山拜怀让为师的。

有一天，怀让看见马祖坐在寺外的小路上冥思。怀让上前问马祖在做什么。马祖回答，他在冥想。当怀让问他希望修成什么时，马祖回答说他想修成佛。怀让弯下腰，捡起一块砖，在岩石上不停地磨。马祖问他是什么意思，怀让回答是想把它磨成一面镜子。马祖大笑，觉得师父真是疯了。怀让也笑了，然后收住笑正色道，只有经过如此不懈的打磨，你才可能通过冥思变成佛。

尼姑不仅告诉了我们哪里能看到李泌的书法，还说了哪里是怀让和马祖大笑的地方。当我们一一看过后回到庙前时，她还在那里砸银杏。因为天色渐暗，我们突然想到问问她：能否在此地借宿一晚上？她说福严寺现在已经变成了一座尼姑庵，男性不被允许留宿寺中。我们谢过了她，继续踏上了同一条马路。

走了数百米，我们发现路边有一块平坦的大鹅卵石，上面刻了三个字：磨镜台。发现这样有上千年历史并镌刻有标记的地方总是让我欣喜若狂。但只有在中国才能遇到这样的事。人们记得过去，而这个过去有五千年之久。为这个鹅卵石拍了照后，我们继续前行了数百米，然后又停住了脚步：马路边的一条小径通往怀让的坟墓。我们走近坟墓，然后点燃了几炷香。当我们站在那儿看着香的销蚀时，我看见灌木丛中有一块砖。我把它捡起来，然后放到坟墓的前面。我想怀让会知道用它来做什么。

待到香燃尽后，我们回到了公路上。这次我们没有走很远。太阳正在落山，而我们发现路边有家旅店！其建筑的外立面写着：磨镜台宾馆。我们几乎不相信自己的好运气！走进里面，我们问前台职员是否能在这里住一宿，柜台后面的一个男士肯定了我们的幸运。这个宾馆的房间几乎是空的，房费只要五十元人民币。我们问他这个区域里还有其他宾馆吗，他说还有一家，在一个小时的行程外。真的，是上帝在向我们微笑！办了登记手续后，我们进到了房间里。床足够舒服，透过窗外的松树望去，远处漂浮着暮霭。这真是个可爱的环境。但是

李泌书法

磨镜台

怀让墓

当我们疲倦了想洗个热水澡，却未能如愿。因为那天晚上除了我们外，宾馆里就住了其他三个人，所以难有热水。我们不得不洗了个凉水澡，至少可以洗去白天的尘埃和汗水。

同样，晚饭也不幸运。因为只有区区几个人住在宾馆里，所以厨房里只剩下一个厨子，而他的烹饪技艺不敢恭维。尽管如此，经过漫长一天的行走后，有饭吃就不错了。用米饭填饱肚子后，我们回到房间，然后想到楼上去看看是否能看到更好的景色。结果情况差不多，但是楼层服务员领着我们从另一个楼梯走上顶层。这个服务员太好了，给我们摆了一张小桌子、三把椅子，并拿来十二瓶啤酒。但是那啤酒不怎么样。我们从来没有碰上过无法下咽的啤酒，但是湖南啤酒是个例外，这与它的生产日期无关。这天是 9 月底，正逢中国的中秋节，我们欣赏着一年里最大、最亮、最美的一轮月亮，即使糟糕的啤酒也不能破坏我们的兴致。我们把它们全喝完了。

湖南啤酒让我们宿醉，第二天早上我们很晚才起床，事实上是快到中午了我们才结账走人。好在，这段路是柏油铺就的，走起来很舒心。步行了大约二十分钟，看见路边有条小路通向数座山峰。但是我们继续顺公路往前走。数分钟后，我们来到一座小水库前。流入水库的清溪上立着六朵巨大的水泥蘑菇。我们非常吃惊：水泥蘑菇在这深山里有什么用处吗？百思不得其解。虽然找不到答案，我们仍然继续往前走。几分钟后，我们走上了路左边的小路。路边一个牌子写着：麻姑仙境。

终于，我们悟出了水泥蘑菇的用意。神奇的蘑菇长久以来就是追求长生不老的道士最喜爱的食物，而麻姑是中国最有名的道姑之一。两千年以前她生活在此地，她的蘑菇酒远近闻名。我们沿着小路来到一处瀑布，这里有一尊麻姑将蘑菇酒倾泻到溪里的雕塑。我们用手捧着水喝了几口，幻想能乘着溪流漂向我们余下的山路。但是我们感受到的还是昨晚啤酒宿醉的滋味。

回到了公路，但是我们不再顺着原来的方向继续行走了。因为不到一公里外，公路汇入了另一条更宽的路。我们都能够远远地听到公

水泥蘑菇

麻姑和象征长寿的鹿与桃

交车的轰鸣。相反，我们决定回到我们经过小水库以前的小路上去。这是条很古老的、用石头排列成的台阶小路。我们顺着这条小路穿过一片松林，下坡来到掷钵峰和天柱峰。那里分出数条旁道，通向两个山峰的顶部。但是我们不想爬任何山峰。此外，封顶云遮雾绕，看不见什么景致。我们还是留在主路上，绕过两个山峰，继续步履沉重地行走。走了几个小时后，我们终于来到了这条路的尽头：藏经寺。寺庙完全被雾所笼罩，任何光线都被雾严严实实地包裹住了。我们原想找一个客栈过夜，然而却找到了一个庙。

藏经寺最早是由慧思于公元 568 年所建，是他在山上较低处建好福严寺后的第二年修建的。这里也是慧思的徒弟智颛在师父圆寂后去天台山建立天台流派前整理师父著作的地方。智颛的名望源于他以同一种方法整理了佛教经典中的所有佛经，展现了佛的教导的连续性。这里也是存放他整理的最初版本的地方。

藏经寺明显在艰难的岁月里颓败了，曾经破败得只剩下一个隐士和一座孤独的大殿。我们到达的时间正好赶上庙里的三个和尚晚间诵经的时刻。他们是就着烛光进行的。待他们做完法事，我们问他们是否能在这里借宿一夜。他们说没有多余的房间留宿我们，但是距此不到一百米有一个小客栈。我们再一次收获了幸运！虽然这次拯救我们的不是一家宾馆，而是一家客栈。小客栈是一栋石头建成的两层居所，一个小院环绕着它。看门人领着我们上了二楼的一个房间，给了我们一支蜡烛——这里没有电。然后，他又带着我们穿过寺庙，来到一间小屋前。这间小屋是大山深处唯一可以吃到东西的地方。这是一顿难以忘怀的晚餐，一顿烛光下的晚餐：几碗米饭和一盘圆白菜炒蘑菇、一盘鸡蛋炒西红柿。就着看门人最后的四瓶瓶身落满了灰尘的啤酒，我们狼吞虎咽地吃完了所有的东西。这些啤酒也是湖南产的，但喝起来味道比昨晚喝过的好多了。也许是我们渴坏了，也许是他们的啤酒有所改善。吃罢饭，我们都瘫倒在床上。月亮像前一天晚上一样亮，但是我们已经疲乏得没有心情去欣赏了。第二天早上，看门人告诉我们，当年孙中山和蒋介石来山里游览时也住过这里，还有很多其他的显贵人物都在这里待过。他指着房顶上覆盖的铁瓦让我们看印着"1937"的日期标记。他解释说之所以用铁瓦，是因为山里风大。这样看来也许是真的。

我们去那里的原因是要沿着大山的西山脊访问山顶上唯一一家在"文革"期间仍然运行而没有被破坏的佛教寺庙。这座庙坐落在这样的位置，避免了人群和汽车通过公路把喧嚣带上去。但是现在我们只能加入上山的游客大军了。一顿米粥就咸菜和煎鸡蛋的早餐后，我们出发，又走上了和主路连接的小路。两个小时后，我们到了那里——南天门。我在其他的山上看到过与此相同的名字。这背后的原因是，古时候的中国人把长寿和南天以及南天上的星星，也就是在船底星座的老人星联系了起来。据说任何看到这颗星的人一定会长命百岁。不幸的是，老人星是一颗南天方向的周极星，尽管它是居于天狼星之后第二颗最亮的星星，却只能在阴历新年前后的中国中部才能看到，所以很稀罕。为了能看到它，许多人阴历新年期间爬到山上，因此山上观星的平台很常见。而中国无处不在的门都通向南天。

我们停下来喘息了一会儿，但没有磨蹭太久。我们到山上大约是早上 10 点，此时是 9 月下旬，不可能看到老人星。这里也是大客车的终点站，四处都扔满了垃圾。事实上，这里是一个充满恶臭的地方。我们和其他一百多人继续朝山顶走去。半个小时以后，就在我们离覆盖在山顶上的垃圾越来越近时，我们打消了夜宿上峰寺或由山上若干家不同代理机构开办的客栈的念头。

每天，有上千游客跋涉到衡山一千三百米高的山顶，他们中很多人都想住在山上，这样就能在清晨看到日出。我们原打算也这样做。但是放眼四顾，目光所及处都是垃圾。我确信，他们中许多人很高兴自己来到了山顶，即使他们是乘着客车上来的。但是对于我们，却感到失望。这不是因为有雾或是冷，而是因为垃圾遍地。我们认为圣山应该是圣洁的，让人感到超脱于红尘和垃圾之上的，但是衡山却不是这样。我们决定返回山下。

回程的路上，我们设法避免走上公路，因此沿着衡山的西山脊走。

我们或许应该住在山上，至少应该乘公交车下山。但是我们还年轻，决定自己走下山。这个景区的管理实在不怎么样。在以往的旅行中，我爬过中国五座圣山中的四座，以及别的许多风光秀丽的山峰，在这个国家最著名的庙宇和风景点摆脱过无数卖纪念品的小贩的纠缠，但是衡山似乎是独一无二的吸引乞丐的地方，不是几个乞丐，而是上百的乞丐。他们不是普通的乞丐，他们几乎所有的人都迷失了自我——至少他们身体的任何部位都比他们的手指粗呀！也不是这些不幸的人没有意识到他们对游客的行为后果——人家到衡山上可是来为自己或他人祈求长寿的呀。当我们走近一个下身麻痹的患者时，他掏出他一边的假肢，然后浸入一个盛满了红色染料的碗里，以作假的血色使他看起来更可怜。他们也永远不满足于别人给予的救济。有一次，我不得不用我的手杖把一个特别无情的乞丐抓住我的脏手扒拉开——我们给了他我们能力范围内的施舍，他却嫌少。这趟下山的路走得很艰辛，我们永远不可能忘记。

衡山上的朝圣小路

# 第三章

## 革命者

在山脚下的小客栈取到我们的行李后，我们走到大路上，等到了下一班往北开的长途客车。这是开往湖南省会长沙市的车。但是我们不会到那么远。我们的目的地是湘潭，距此仅有八十多公里远。因为这条路是连接广州和北京的国道，我们估计一个多小时就能够到达。但是我们错了。这辆车花了两个半小时。它虽然在国道上开，但是像中国的许多长途客车一样，只要路边有人招手，任何时候司机都会刹车让他们上来。这样每次都会多花一分钟。幸运的是，我还有半品脱[①]威士忌在背包里。酒喝完了，我们到了湘潭站。太阳也出来了。但是现在我的日记里增加了一首关于我们访问中国南方圣山的诗：

> 衡山香客走小路，嘶鸣客车爬坡苦。
>
> 乞丐大碗高高举，垃圾满山若无睹。

很显然，我们进入了一个身心俱疲的阶段，急切地需要一些休整。但我们所住的旅馆未能全部满足我们的要求。幸运的是，至少旅馆里洗澡的水是热的。我确信我们是吃了晚饭的。但是如果是这样的话，我怎么一点儿不记得吃了什么呢？爬山的疲乏让我们倒在床上，立即进入了梦乡。

第二天早上，我们出发去看湘潭的名胜，或者我不该这么说，在那里我们只有一个东西想看。湘潭是一个很少有游客访问的城市，过夜的人更少。我们去那里的原因是想看看齐白石纪念馆。如同张大千一样，他是中国 20 世纪最著名的画家之一，而湘潭是他的故乡。

他俩的不同处是：张大千从九岁就开始学画画，而齐白石早年生活贫困，不得不做木匠谋生，直到二十七岁才开始学画画。他早期的作品是非常鼓舞人心的。到了中年，他离开长沙，开始周游全

---

① 英制计量单位，一品脱等于半升多点。——译者注

国，拜访其他艺术家，并一路写生。他仍然保持了一个学生样的好学心。直到他五十三岁定居北京后，才成为一个伟大的画家。突然间，他的画风转向了孩子的视角。他画了些很简单的事物，例如大白菜、小鸡、虾……无论画什么，他笔下的作品总是栩栩如生，幽默风趣。没用多少年，他成为中国最有名望的艺术家。你现在在世界任何地方都很难找到严肃的中国画画册里没有收入他的作品的。我们所想知道的是，在他的故乡有些什么样的齐白石作品？

事实上，齐白石出生的故乡是位于湘潭城以东六十公里的一个小村庄。他在湘潭长大并生活在这里，直到四十岁才离开。但当我们在旅馆里向人问起，却没有人知道他的纪念馆在哪里。我们想一定是有人知道的。还真有人知道，不过不是在旅馆里。我们走到大街上，向那些看起来对艺术会有兴趣的人打听纪念馆的位置。最后是一个大学生把我们领到市区南边一条通向一片菜田和一个大水塘的小巷。在水塘旁边，是十来个盖着盖子的大缸，里面装着上百升的酱油。紧挨着大缸，有一个提示牌写着"齐白石纪念馆（筹备）"。这个牌子后面是一组低矮的建筑，进到里面，我们见到了未来的馆长汤清海。汤先生说，如果能够找到修建资金，纪念馆可以在来年的 12 月开馆。他们现在所在的房屋是临时性的。我不禁笑了。因为在中国，20 世纪 80 年代我就听到过很多类似的说法，而现在已经 20 世纪 90 年代了。万事俱备，只欠东风（钱）。我们问汤先生，如果能够找到钱，开馆后会有多少齐白石的作品在这里展出？他说现在还不确定。很显然这是一个敏感点，我们立即转移了话题。

我们问汤先生，他是否画画。他说他画。他诗意地解释说："画画，就像唱歌跳舞。一旦开始作画，我甚至都顾不得喝一口茶。"我们问能不能看看他的作品。于是，接下来的一小时里，他向我们展示了过去两年里他画的所有东西。他的画大多数是风景画，虽不是齐白石风格，但是画风自由，让人耳目一新。他曾经游历全中国，四处写生，然后回到家里作画。道别前我们仅仅花五十元人民币买下了一幅他的画。这与其说是买卖，不如说是礼物。这幅画画的是一个诗人在江南的某

汤清海作画

地饮酒，和我们这趟旅行有关。

分别时，汤先生问我们下一站去哪里，我们告诉他去韶山。他建议我们去韶山前先去看看湘潭的老会馆。当时我们真是年轻力壮，不觉得时间紧迫，于是决定按照他的指引，去城市东边靠近湘江的地方看看。当地人称这个会馆为关帝庙，因为里面有战神关公的神龛。一千八百年前，关公不仅以他军事上的神勇而闻名，而且以讲义气的品格誉满天下。这个美德使他也受到了商人这个群体的尊敬，所以他们通常在会馆里也修建他的神龛。不过这个会馆里的神龛不是湘潭人修的，而是中国北部山西省的商人们所为。他们把山西的小米和玉米卖到湘潭，再把这个地区的棉花和中草药运回去。外来的商人们需要一个地方谈生意和住宿，而这就是会馆在中国的功能。

不幸的是，当我们最终找到了会馆，那里却大门紧闭。当时已经是早上9点钟了，所以不会是我们来得太早。寻思也许什么地方还有入口，我们就围绕着建筑寻找。没戏。我们回到大门口，然后敲门，兴许里面有人呢。一个老头儿站在旁边看到我们敲门，告诉我们看门的人昨天去世了。那天不是我们的幸运日，也不是那个带着钥匙的看门人的。我们正要离开，突然有个人带着一串钥匙出现了。很显然，他是新的看门人！他手中的铁环一定套着三十把钥匙，因为他试了前面的二十九把，最后一把才打开了锁。大门摇摆着开了。

庭院和周围的花园非常令人愉快。这是一个优雅和安静的环境，我们可以想象对于那些带着钱在这里谈判和交易的人来说，这里是个非常理想的地方。会馆里有一尊巨大的、铸造完美的关公像和一些我们在任何景点都可以看到的石柱，令我们印象深刻。带我们参观的老人告诉我们，这个会馆建于清代，最近正要开始修缮。他说，待会馆修缮完成，会馆收藏的十幅齐白石原作将在这里展出。我们不禁笑了。齐白石纪念馆里的湘潭著名画家没有一幅齐白石原作，而山西会馆却有。我们猜想，只有有钱的商人才买得起。

我们谢过这位老先生给我们今天的参观增添了惊喜。他还帮我们拦下一辆出租车，让我们很快回到了旅馆。我们的下一个目的地是湘

湘潭关帝庙

潭市西边三十公里处，一个更为杰出、辉煌的湘潭之子的故乡。十分钟后，我们来到客车站，登上了前往韶山的汽车。

韶山是毛泽东的出生地。他诞生于 1893 年圣诞日的第二天。后来，他留下了一段简短的关于童年时期的叙述："我家有两顷半良田，在一场生意失败后欠债抵掉了，后来我父亲想方设法又买了回来。我从六岁开始做一些农活儿。我们吃得不算好，但也还过得去。我八岁开始上学，后来休学帮助父亲从事农计。在学校里我学的是孔夫子的经典，但是我不喜欢这些。我喜欢读历史小说，尤其是那些讲造反的故事。"

尽管毛泽东出身于农家，但他的愿望不是做一个农民。他把自己的角色看成是一个侠客。他在十七岁时离开了家乡，直到二十七岁时才再次回家。但他回来不是来做农夫，而是组织农民开展运动。他还劝说他的弟弟和表妹加入他的事业。他们从此都参加了革命活动。

一个小时后，客车停在了一个大型广场，此地离西面原来的韶山村只有几公里，而这里就是新韶山。广场旁边是一家宾馆，参观者就在这里住宿。但是我们没有计划在这里待很长时间，于是我们走到广场的另一侧，那里是一个纪念大厅和一个毛氏家族祠堂。生活在韶山的人百分之六十属于毛氏家族，他们在这个祠堂里举行葬礼和其他的家族活动。在毛泽东返回家乡时，曾经在这里聚集和动员当地农民，争取他们对革命事业的支持。

这里还有一个毛主席纪念馆，但是参观完要花很长时间。馆里的光照条件不大好，绝大部分的展出内容由文件组成。不过，也有一些照片很有意思。还有一辆毛泽东生前用过的已经生锈的老式汽车，顺着廊道陈列在那里。我们回到广场的另一侧，这里有开往毛泽东故居的客车，每十五分钟一趟。

我们等车时，不禁注意到从西南方向俯瞰广场的山峰。它被称为韶峰，以中国古代最有名的音乐命名。韶乐诞生于四千五百年前舜帝巡游草木繁茂的韶峰期间。在汉字中，韶意味着茂盛、丰富，这就是为什么这支由他的一个官员创作的曲子以韶命名的原因。于是，这座山峰和这个镇都因此叫"韶"。两千年过去后，当孔夫子周游齐国都城时，他第一次听到了这支韶乐。他完全陶醉了，以至于后来的三个月里，他完全忘记了他每顿吃的是什么东西。然而一想到要爬另一座山峰，肌肉酸疼的我们立即丧失了吸引力。我们登上了摆渡车，前往毛泽东当年听蛙鸣和蟋蟀叫的地方，也是一个他不愿意待在那里从事农计的地方。

五分钟后，我们到了毛泽东的故居。在停车场下车后，我们沿着一条土路走到了农舍前，毛泽东就是在这里长大的。原来的房子于1929年被国民党毁了，后来根据原样恢复了其土墙、泥土地面和茅草屋顶。毛泽东的卧房在这组建筑的前端，可以看到一口大池塘里从夏天起就有的莲荷。这是一个让人感到愉快的地方，环境非常安静。四周都是农田，除此外没有别的什么可看，于是我们回到停车场坐车回新韶山。

毛泽东当然是中国历史上最伟大的英雄之一。很少有人能成功地领导如此大规模的革命或造福于如此多的人民。但他也是犯过巨大错误的人。我相信中国人要花很长时间才能在毛泽东一生传奇中的这两个方面厘清自己的感情。

说到英雄，毛泽东并非当地唯一的英雄。在他的革命伙伴中，来自同一个地区的还有彭德怀和刘少奇。彭德怀的故乡在从此处笔直往南三十多公里处，而往北同样的距离就是刘少奇故乡。我本以为能够在一天内参观这三处故居，但是这一带交通不发达，没有出租车。所以，我们必须在彭德怀和刘少奇故居中选一处。

几年前我读过彭德怀的自传《彭德怀自述》。他是那种我很有兴趣了解的人。彭德怀在1959年前是中国的国防部长。就在那年他第一次回了自己的家乡，然后到庐山参加庐山会议。这是中国共产党举行的很重要的一次会议。彭德怀很长时间没到过农村了，在家乡被亲眼所见的当地人的贫困和饥饿的情况所震惊。而在这期间毛泽东发动了"大跃进"运动。彭德怀根据在家乡所见，写了一封信给毛泽东，责备造成农民苦难的政策失误。彭德怀因此被撤了职务，换上了林彪。支持他意见的人也被作为他的团体成员受到处理。但那仅仅是个开头。后来的"文革"中，"四人帮"一次又一次地羞辱他，最后，他死在监狱里。

我问开摆渡车的一个司机有没有开往乌石镇彭家乡的车，他说那里没有客车直接开往乌石镇，我们必须换几次车才行。于是，我们只好把注意力转向去刘少奇的家乡。他的命运和彭德怀相似。

刘少奇的家乡位于毛泽东故居东北方向三十多公里，当然这是直线距离。客车司机说有客车在韶山和宁乡之间开行几公里，每天有几班。我们很走运，开往宁乡的车三十分钟后载着我们发车了。我们告诉司机我们要去的地方，他让我们在去宁乡半路上的十字路口下车。下车后在路边又等了三十分钟，我们上了一辆宁乡当地的客车，朝东往长沙开。十分钟后，在车经过刘少奇的家乡花明楼时，我们下了车。在向司机了解到当天还有一趟车后，我们沿着路边行进，五百米后，走到了刘少奇纪念馆。

让人印象深刻的是纪念馆非常新。但是有点太新了。馆舍外面种的草和树看起来就像是很糟糕的假发，它们的根还没有扎进当地的土壤里。但至少它们是真的草和树。根据我们在那里买的一本英语小册子，在彭德怀平反后两年，刘少奇于 1980 年被恢复名誉。在那个喧嚣的"文化大革命"的年代，邓小平被冠以中国第二大"走资派"的帽子，而刘少奇则是最大的。

纪念大厅里的陈列比毛泽东的纪念馆做得好些，甚至还挺有趣，并不全是口号和政治姿态。

参观完展馆后，我们沿着通向刘少奇故居的路走了很长一段。他的家和毛泽东的家非常相似。同毛家一样，门口也有一口水塘，种在其中的残荷在秋天的微风中摇曳。

当我们站在那里享受微风的时候，突然想起我们正在错过当天最后一班车！开往长沙的最后一班车经过花明楼的时间是下午 2 点半，而此时已经是 2 点半了！我们匆忙往回赶，赶到花明楼已经晚了三十分钟。要是客车也晚点就好了。

还好，那趟车真的也晚点了。我们在路边放下背包等待着。显然

刘少奇故居

花明楼这个地方的人没有见过外国人，很快我们周围围满了人。恰好当地一所小学在此时放学，于是围着我们的人越来越多，而客车仍然不见踪影。终于，警察出现了。人群中有人说我会说中国话，我心里一紧，后悔当初学了中文。实际上，我学中文也是命运中的偶然。当年我从位于圣巴巴拉的加利福尼亚大学毕业后，便申请到哥伦比亚大学读研究生。因为没有足够的学费，我查阅了可以申请的名单上每一条奖学金项目，甚至是他们所称的"语言奖学金"。这个项目上必须选择学哪一门语言，而我刚好读了一本关于禅宗的书，对中国的禅宗文化充满兴趣，所以我填写了"中文"。那就是我学习中文的原因，纯粹是个意外。而我后悔的原因是又一个意外发生了！四个警察分开人群，指着路边的一个小棚子，要我们到那里去。负责的警官说："我们到那边去谈谈吧。"但是我不愿意，尤其是跟一个警察谈话，因此回答他说："如果你要谈，就在这里谈好了。这样我们可以看到客车来了没有。"负责的警官不愿意接受我的理由。他的一个助手把他的公文包伸到我肋下，把我往小棚子那里推。很显然，警察们需要写一个报告说明为什么有大批人群聚集。但我可不想被他们推到棚子里去。我一只手抓住这个警察的手腕，另一只手把他抵在我肋下的公文包拍到了地上。瞬间我意识到自己闯祸了，有麻烦了。就在这时，整个人群叫起来："车来了！车来了！"真的，那趟客车终于来了！

我们仨抓起我们的背包，迅速登上了客车，并朝着"头号走资派"家乡的人群挥手。当我们的车开动时，那几个警察还站在那里，他们没有回应我们的挥手，可能还在苦恼怎么写报告说明人群聚集的原因吧。与此同时，我们仨大声嚷嚷着，说笑着，坐在车上穿过红红绿绿的美丽的湖南乡村，直奔长沙。

到长沙的路并不远，但是客车在好几个乡镇都停了车，因此耽误了不少时间，花了两个小时才走完三十公里的路。最后，在汽车将要跨越湘江上的一座大桥进城之时，我们请求司机让我们下车。太阳已经西沉了，我看到了一家招牌上写着"枫林宾馆"，临时起意，打算住在湘江西岸，这里的景致看来不错。我们谢过司机，跟他说了再见，然后朝枫林宾馆走去。这家宾馆看起来挺舒适的。但当我们走进大厅，前台服务员告诉我们已经没有房间了。这可能是因为我们的外表：我们仨看起来都不太干净。但如果说我在中国学到了什么，那就是我知道那里的宾馆里总是有富余的房间的。然而为了住下，需要坚持不懈再加一个善缘，而显然，我们有这善缘。桥的西岸没有看到任何别的旅馆，当我们站在前台想下一步该怎么办时，宾馆的经理路过前台，看见我们一副疲惫的外表，动了恻隐之心。于是，一个房间终于有了！这就是我们在长沙的善缘。

# 第四章

## 长　沙

当我们在前台庆幸我们得到了房间，正准备去客房时，经理告诉我们，如果没有吃晚饭的话，最好抓紧时间，因为餐厅会在晚上 8 点停止服务，而这时已经 7 点了。通常我们不在宾馆里吃饭，而是首选在夜市或哪个面条摊上解决晚餐。但因为经理想方设法地为我们找到了最后一个房间，我们不好拒绝他的善意，于是随他来到了餐厅。我们胡乱地点了几个菜，他就离开了，剩下我们三人等着上菜。

一个小时后我们还在回味这顿美味——我们在中国还没有吃过比这更好的饭菜。芝麻酥鸡的香味久久不能从我的味蕾中消失。这里的厨子就像是来自天堂。价格？足量的饭菜加上啤酒还不到五十元！他们上的啤酒甚至是来自省外的。

但是饭食和啤酒还不是我们待在枫叶宾馆的唯一理由。它位于湘江西岸，东北角就是岳麓山。几天前我们游历了衡阳市的回雁峰，它被认为是衡山七十二座山峰中最靠南的，而岳麓山则是衡山山峰中最靠北的。像衡阳一样，这里是儒学府的另一个家，但却不是任何一个普通的儒学府。这里的儒学府是岳麓书院，中国最有名的四大书院之一。这也是我们第二天一早要直奔那里的原因。

这家宾馆除了提供房间和一顿美味外，还带给我们另一个好运：一个公交总站就在宾馆旁边。我们收拾好行李，登上了 5 路公交车。二十分钟后，我们下了车，车上的学生也全都下了车，原来这里是湖南大学。书院紧挨着这所大学，位于一座毛主席塑像的后面。

自从一千多年前建成起，岳麓书院就是湖南全省治学的主要中心。也是精英子弟们趋之若鹜的学习府第。这种情况在湖南大学建成后改变了。在中国，有不少大学都是建在过去学习儒教的场所。以湖南大学为例，它是 1926 年在曾经的岳麓书院所在地建起来的。随着现代中国中产阶级队伍的壮大，人们对知识的渴求远远超越了儒学的道德领域，书院这种形式也无法容纳更多的学生或者大学的各个科系。于是，现代的湖南大学就顺理成章地建在了这里。

岳麓书院重建了多次，最近的一次修建是在 1981 年，但是它不再具有教学的功能了，而是变成了一个博物馆，记录了盛行于过去的高等教育的体系。作为博物馆它条件太好了。走近岳麓书院的入口，我们就看到了大门两边分列着的两行字：惟楚有才，于斯为盛。"楚"是一个古老诸侯国的国名，包括了湖南和湖北以及相邻的一些地区。

院里的一堵墙上有十八条书院学生必须服从的守则，意思是：永远想着父母；避免任何无节制行为；穿衣朴素，饭食简单；行为端正……在主厅大门外有新儒家的哲学家朱熹手书的几个大字。书院建成后的二百年，他曾在这里讲学。他告诫学生的四个字是：忠、孝、廉、洁。这是学校的校训。

当穿过训导厅和儒家圣人纪念厅时，我们三人都认为，如果我们成为这里的学生，在这样严格的规范下，我们是没法熬出来的。毕竟，中国在三千年前就产生了官僚政治。类似这样的书院就是为官僚队伍培养年轻的后备人才的。工作于这样的官僚队伍，需要有我们完全不具备的才能和接受我们忍耐不了的训练。我们是方形世界里的圆钉或圆形世界里的方钉，总之，会格格不入。书院是个非常美丽的地方，但是它不适合我们。我们把注意力转向了书院名字的来源——岳麓山。

因为时间还早，我们想顺着书院左边延伸出去的一条小路走走。这是一条很长的石梯路，而且很宽，我们可以并排行走。几分钟后，我们走到爱晚亭，歇了下来。因为我们不想走得太急，而且爱晚亭是个停下来休息的好地方。亭子四周古树参天，枝叶繁茂，还有长满了百合的池塘，似乎是让我们在这里歇歇脚，而我们也正有此意。这里也是青年时代的毛泽东爱来的地方，他和他的同学们常在这里谈论国家大事，指点江山。当时爆发了辛亥革命，推翻了清朝统治，而他正在长沙读书。一场革命平息了，另一场革命又兴起了。这个地方也是他的纪念地，事实上，亭子上"爱晚亭"三个字就是出自他的手笔。

从爱晚亭沿着小路继续往上走，我们路过香火依然的佛教寺庙麓山寺时又停下了脚步，这里有黄兴和蔡锷的坟墓。黄兴和蔡锷都是长沙人，都在推翻清朝统治、建立共和国的革命中扮演了关键的角色。

当"中华民国"于1912年建立时，黄兴成为南京临时政府的陆军总长。但此后不久，共和国被袁世凯所颠覆，袁把自己变成了新皇帝。黄兴跑到美国募集资金，想建立军队反对袁世凯。蔡锷领导了黄兴建立的一支军队。蔡锷的军事成功很快促成了袁世凯的帝国寿终正寝。共和国得以在1916年重新建立。但是就在推翻袁世凯的复辟帝国、重新恢复共和国之际，他俩相隔不久先后去世，遗体被葬于此地，并举行了一场有数百位高官显贵和数千哀悼者参加的国葬。所以湖南并非只有毛泽东、刘少奇和彭德怀这几位革命者。我一直很好奇，湖南产生这么多革命者是不是因为这里的人爱吃辣椒？在湖南境内无论哪里，我们都看到成堆的辣椒摆放得到处都是。革命的辣椒！

我们对着坟墓表达了我们的敬仰后，继续往前走了一段，似乎到了小路的尽头。这里视野开阔，可以看到远处的湘江朝北边的长江流去。湘江东边，长沙城尽收眼底。好像这座城市正在呼唤我们，我们不应该让其失望。于是不再踟蹰徘徊，我们重新踏上小路，走回毛主席塑像处，登上5路公交车回到了宾馆前的公交总站，然后又换乘3路公交车跨过湘江，进入了市中心。我们在湖南烈士公园下了车，湖南省其他革命者的英灵在这里得到纪念。但是我们到这里不是为了逛公园。我们继续往北行走，走到了湖南省博物馆。这里汇集了很多在中国发掘出的令人难以置信的古代手工艺品。

我听到不少人说湖南博物馆现在非常值得参观，但是我们到那里是1991年，那时还没有很多东西可看。我们走进了主陈列馆的大厅，在那里没有待上三十分钟。此外，我们到那里的原因也不是为了参观发掘出的别的古代工艺品，而是想看看隔壁一栋楼里从长沙郊区西汉古墓3号坑里发掘出的物品。

这座陵墓位于博物馆以东四公里远的马王堆，是被当地村民发现的。墓主是二千二百年前当地的一个贵族侯爵，这里除他之外还葬着他的夫人、儿子。地震和渗水破坏了包裹着侯爵和他儿子陵墓的黏土层，但是葬着他夫人的陵墓却幸运地未受破坏。古代中国人完美地运用了一种方法保存遗体，足以使埃及人艳羡。首先，他们以一种特殊的黏土封闭陵墓，以防止空气进入。但在封闭陵墓以前，他们将某种物质置入陵墓。这种物质在腐烂的过程中产生一种气体来保护死者的遗体，使其看起来像刚去世不久。当然，当陵墓被打开，气体也就跑掉了，所以考古学家到现在为止对这种神秘气体的性质仍然一无所知。

村民们发现马王堆汉墓时，他们注意到地下有小孔正在泄露气体。省博物馆的专家们一听到这个发现，立即赶到这个地方，对现场实施保护，以避免其遭到进一步的破坏。其中有个专家叫高至喜，当他看到气体正在泄露，就想把孔堵上。他骑上自行车飞快地赶回市里。他第二天骑着车跑遍了全城，寻找控制气体的设备。但此时正是"文革"中期，人们的心思都花在运动中如何自保上，对帮助解决保留中国封建社会的秘密没什么兴趣。所以他花了两天时间才找到所需要的设备。等到他骑着自行车返回现场准备提取气体样本时，发现气体已经漏光了。所以这种气体至今仍是个秘密。

尽管气体跑光了，但遗体保存下来了。不幸的是，遗体一接触空气，立即就开始变坏了。失去了发现气体秘密的机会，高至喜不想再失掉遗体。但他的想法再次在长沙有关方面遭到冷遇。最后，上海市博物馆馆长支持了他，安排建造了一个密闭的房间，使侯爵夫人的皮肤直到今天都保持着新鲜感，虽然看起来确实有些惨白。我们和别的参观者一起往下看，透过密室看到了保存完好的遗体。是什么致她死亡的呢？研究者的结论是她死于心脏病，因为她吃甜瓜时被瓜子噎住导致了窒息。多么不可思议，瓜子！致人死命的瓜子！

在地下躺了二千二百年，她的身体状况真的叫人吃惊。但是在马王堆墓室出土的物品里有更多让人吃惊的东西。第一，那里有丝绸。除了包裹侯爵夫人的丝织品，那里有六十三匹丝绸保存状况很好，上面编织着最复杂的图案。其中有一件丝袍一称只有四十九克，或者说不到两盎司，比蝉翼重不了多少。

墓室里还有书，书复制在丝绸上。这可不是别的什么书。这些书陪伴着侯爵和他的家进入来世。简而言之，这是些他们生前最喜欢的书。

湖南省博物馆前馆长高至喜

首先，是两册最受尊崇的道家书籍《道德经》。这是最早的老子著名著作的两册完整版本，成书离侯爵下葬不过才三百年。其次，一册用四个章节写成的，失传的《黄帝内经》的前言部分。这本书是中国最早的闻名于世的医学专著。一批别的失传书籍也在墓室里找到了，包括最早的关于天文学的书。这本书中最引人注目的内容是推算出了星球的运行周期，同现代计算的结果只有 1% 的差距。

除了哲学、医学和天文学的著作外，墓室里还发现了地图。其中有一幅是非常精确的中国南方地图，从长沙一直到我们此行的出发地广州。还有一幅关于身体系统锻炼的丝质画，是用于保健的，类似于太极拳中后来发展起来的某些部分。最后，有一组画描绘了整个中国的神话，从天堂到人间再到精神的世界。奇迹中的奇迹是：这个展览有给我们这样的人看的英文标签。观看展览的人群中有一个人告诉我，这是他第五次参观了。这里有太多的东西可看，可能得花上一整天。但是两个小时后，我们出来了，因为我们的眼睛都已经呆滞了。

我们在外面走了走，找到一家面馆吃午饭。一边吃一边想，下一步该去哪儿？因为我们还有一个下午未安排。但考虑的结果是我们不再去什么地方参观了，而是要找个地方发呆。我们打算去橘子洲。橘子洲是湘江上的一个岛，到达那里唯一的方式是乘坐公交车经由我们来的那座桥。于是我们去了。但是过了一半的桥，公交车就下了桥开始环岛行驶。这个岛是一个非常长的沙洲，有五公里长，大约一百米宽。就像它的名字所暗示的那样，它以橘子树闻名。当我们往南行驶向岛的南端时，一路上看到了成千上万的橘子树。

岛上还有一些小村庄。我们来回都看到车上坐了很多来往于市里和岛上的村民，所以车开得很慢。终于，我们到了岛的边缘。司机告诉我们，公交车每一小时有一趟，这对我们来说正合适。我们不着急。在一个小公园和沙滩那里，我们下了车。我们听说这里在夏天人满为患，但此时已是 10 月上旬，游客稀少。实际上只有我们和几个渔民以及他们的舢板。

我们在沙滩上一坐两个小时，什么都没做。当然，我们补上了

橘子洲的舢板

日记，不过这不算什么事。当看到一个船老大驾着小船过来时，我们提出让他载着我们在河里逛逛。他说我们可以在河里打鱼。但是我们没有兴趣做渔夫，而是愿意什么都不做，只盯着湘江水流向远处的衡山七十二峰，或者是写我们的日记。我们并不是唯一那样做的人。唐代的时候有一个诗人做过和我们同样的事，他的名字叫杜甫（712—770）。他当时病卧在一条小舟上，并把它看作自己的家。公元770年，他在长沙度过第二个春天的时候，写下了这样一首诗，标题是《燕子来舟中作》：

> 湖南为客动经春，燕子衔泥两度新。
>
> 旧入故园尝识主，如今社日远看人。
>
> 可怜处处巢居室，何异飘飘托此身。
>
> 暂语船樯还起去，穿花帖水益沾巾。

小船在我们刚才上船的地方靠了岸。他们叫小船为舢板，因为它们是由三块木板做成的。一块板做底部，两块板做两侧。我猜想杜甫的那条船会大些，可能是五块板做成的，还有一根桅杆。终于，春天结束，到了夏天，杜甫也弃舟登岸，不过他没离开得太远。他的病情加重了，六个月后，还是死在了自己的小船上。我们回到枫林宾馆享用了另一顿难忘的晚餐，并计划去探访杜甫的陵墓。

我们安排了一天给曾经生活在这里的最伟大的诗人。我们说的是杜甫。杜甫生活在公元8世纪，在那个黄金时代，中国的诗歌发展到了一个前所未有的高度。杜甫出生于靠近东都洛阳的一个丘陵地区，但是他大部分时间是生活在靠近首都长安的地方。尽管他的名气是因为他的诗歌，但他也担任了不那么重要的官职，不过在后来的安史之乱（755—759）期间失宠。彼时两个首都均已陷落，兵匪横行于整个国家。全家在四川和三峡地区生活了一段时间后，他乘小船来到了长江，最后在湘江上游地区度过了他生命中最后两年的光阴。他经过了长沙、湘潭甚至衡阳，在驶向下游地区时，恰好在江南地区的岳阳①，死在了他的小船上，年仅五十九岁，那一年是公元 770 年，在一个初霜的日子里。下面是杜甫写下的最后一首诗②：

乾坤万里内，莫见容身畔。妻孥复随我，回首共悲叹。

故国莽丘墟，邻里各分散。归路从此迷，涕尽湘江岸。

很难想象，中国最伟大的诗人和他的妻子儿女驾着一叶小舟，漂泊在离家千里之外的地方，从一个码头漂向另一个码头。前一天在博物馆的时候，我曾向那里的工作人员打听过杜甫坟墓的位置，还问过我们所在宾馆里的旅行社的职员，但是他们都一脸茫然。其他我问过的人也都不知道。我们没法自己找到，但是我有一张这个省的老地图，上面有个小点标出了杜甫坟墓的位置，位于长沙东北方向一百多公里。看起来是在远离城镇的某个地方。但是，远离城镇从来没有挡住过我们的脚步。

---

① 也有研究认为杜甫死于耒阳。——译者注
② 诗名《逃难》，前六句作者未抄录。——译者注

# 第五章

## 诗 人

第二天早上，在我们热爱的枫林宾馆结账后，我们叫上一辆出租车赶往长途汽车站。根据我的地图，地图上杜甫坟墓的那个点最接近的乡镇是平江县安定镇。从长沙到那里，每天有两班车，一班早上7点半发车，另一班下午1点半发车。我们很走运，刚好在早班车发车前几分钟赶到，车上甚至还有座位。三个小时后，我们到达了那里——安定，或者是司机叫的"官塘"。

长途车开走后，我们发现自己站在异常拥挤的街道边。原来这里今天逢场。正当我们站那里不知所措之际，人们的注意力从买卖上转向了我们。"外国人！外国人！"这个词就像一把火一样传遍了整条街的人群。忽然间，人们对我们的关注压倒了其他任何他们正在做的事。

当围着我们的人越聚越多时，我发现没法向任何人打听杜甫的墓地。我们四顾茫然。是我的地图出错了？而"外国人"的传播还在继续。这时一个男人挤进来对我们说他知道杜甫的墓在哪里，并愿意用他的拖拉机送我们去那里，但向我们要价三十元。尽管听起来乘拖拉机要这个价有点高，但是权当是我们对杜甫的一点小小的心意吧。我们接受了。

从官塘（或者说安定，随你的便）出发后，我们沿着连接平江的公路向西，大约三公里后，拐向南面，上了一条土路。实际上，这就不是一条马路，它仅仅能容下两条车辙。开了四五公里，我们穿过了稻田，越过了种着茶树和茶油树的小山坡。我们实际上不是坐在拖拉机上，而是坐在它拉着的货厢里。

这是条非常崎岖的路，我们的手因为要紧紧抓住粗糙的车厢木板，都拉了不少口子。二十多分钟的颠簸后，司机把我们拉到了一个较为平坦、长满了野草、临近一堵长长的围墙的地方，说我们到了。我们不知道会看到什么，但是期待着能看到点有价值的东西。建在这里的祠堂原来就是纪念杜甫的地方，现在变成了当地的一所小学。当我们的拖拉机在大门外一停下，校长立即闻声跑出来，看发生了什么事。我们向他招手，他也招手回应我们。当我们向他解释了我们到此的目的后，他让我们进了门。里面墙上的一侧挂着杜甫的画像。但是在入口的主要位置上，贴着马克思、列宁、毛主席和斯大林的肖像。斯大林的肖像尤其值得玩味，因为这已经是 1991 年了。毛泽东 1961 年谴责俄国人版本的共产主义后，两国的关系就恶化了，一直到了 1989 年——我们此行经过斯大林肖像前的两年前，才恢复正常。信息在湖南农村是传播得太慢还是传播得太快？

我们从共产主义领袖像下走过，校长领着我们沿着几段廊道经过了三年级和四年级的教室。最后，他用钥匙打开了一道门，通向杂草丛生的、围墙圈起来的地方，围墙后面就是杜甫的墓地：一座被荒草覆盖的坟堆，被一圈石头垒成的围墙环绕着，一块石碑立在坟前，上面刻着杜甫的名字。[①] 在杂草间，我们看到有一株大麻植物，但是我们没有试图摘掉它的花蕾。在我们逗留期间，整个学校的学生和老师都闻风而来围观我们。显然我们的到访干扰了他们的正常教学秩序。我们向杜甫墓三鞠躬表示了我们的敬意，谢过校长，然后回到了拖拉机上。离开的时候正好是中午，是孩子们放学回家吃午饭的时间。上百个孩子追逐着我们的拖拉机，有几个孩子还抓住车厢木板爬了上来。但是当路过他们的家时，他们一个个都跳下车，站在路边冲我们挥手，直到看不见为止。

终于上了公路，我们告诉司机朝西开，把我们送到平江，因为我们没有理由再返回安定。自然啰，我们提出给拖拉机司机双倍的车费。他同意了。拖拉机行驶在柏油铺过的路上，我们坐在没有棚子遮盖的车厢里，任风吹着我们的头发，阳光洒落在我们身上，感觉这一天真是美极了。三十分钟后，我们在平江客车站爬下了拖拉机，半小时后

---

① 杜甫墓地在学术界有不同意见。一说，杜甫逝世并暂葬于湖南耒阳，四十三年后其孙将其灵柩归葬于洛阳偃师，后又迁于河南巩县（即今巩义市）。——译者注

小学里的四年级学生

杜甫墓

登上了长途车。在我们驶往下一站的旅途中，我写下了另一首诗。标题叫《同芬和史蒂芬瞻仰杜甫墓》：

行驶在红色的山坡上，
那里茶油树行对着行。
离场镇若干里路的乡村，
我们到了所简陋的学堂。


行驶在红色的山坡上，
梯田上稻谷四处飘香。
穿过祠堂里学校的教室，
我们走进了野草的天堂。


行驶在红色的山坡上，
我们驻足鞠躬三趟。
在一个叫小天堂的地方，
杜甫的坟前表达我们的景仰。


行驶在红色的山坡上，
挥手作别老师校长。
成百的孩子追逐着我们，
那里，一个陌生人客死他乡。


从平江出发，我们沿着汨罗江，穿过农田和郁郁葱葱的山冈。七十多公里的路，我们的车开了两个半小时，到了以这条河命名的市。

在汽车站外面，我们拦下了一辆出租车，告诉他带我们去一家旅店。岂知那里只有一家宾馆接待外国人。我们没有别的选择，只好住进了汨罗市政府招待所。那里很安静，房间足够舒服，价格也非常厚道：仅仅三十元，而且是三个人的总价。

从阳台上看到夕阳已经西下了，于是我们下楼去吃晚饭。问经理哪里可以寻到餐馆，他说招待所自己有餐厅。自打我们在枫林宾馆吃到了美食后，我们已经转变了对宾馆里餐厅的看法。但是一个小时后，原有的看法又回到了我们脑子里。直到现在，只要一想起那顿晚餐，我就想作呕，尽管他们的收费跟枫林宾馆一样高。这都是我的错。他们根本没有菜单，我错误地没有问他们菜价就点了菜。餐后，我告诉经理，我们明早不吃早饭了。

但当我们走向房间时，我想到应该争取请他帮助我们解决第二天的交通问题。我们的下一个目的地也是一个前不着村后不着店的墓地。我知道没有任何长途车到那里，所以我问他是否能帮我们安排一个人送我们去那里。一个小时后，经理来敲我们的门，说他找到了一个驾驶员。至于价格，他说，要一百元人民币。因为我们真的毫无选择，只好告诉他我们接受。幸运的是招待所的水是热的，我们洗了热水澡后感觉舒服极了。

当第二天早上我们结账的时候，司机已经在等着我们了。还好，他是在一辆汽车而不是拖拉机里等着我们的。经理也在等着。他是想确认我们的出发有没有什么偏差。我们谢谢他帮助我们安排司机，因为我们要去的地方仍然仅仅是地图上的一个圆点。他告诉我们，司机知道我们要去的地方，并知道走哪条路更好。几分钟后，汨罗城被甩到了后面，我们沿着汨罗江往西驶去。

就是在这条河上，二千多年前第一次出现了赛龙舟。这个活动是为了纪念屈原（约前343—约前278），中国第一位伟大的诗人。屈原从小生长在长江三峡地区，他的家庭数代担任楚国三闾大夫一职。那是公元前3世纪，不少诸侯国都想把整个中国置于自己的统治下。当屈原批判楚王不应该轻信秦国的承诺后，惹恼了楚王，被罢官流放了。这事发生在公元前296年，屈原把这个故事写在了他的一篇散文里。这首诗的标题是《渔父》：

> 屈原既放，游于江潭，行吟泽畔。颜色憔悴，形容枯槁。渔父见而问之，曰："子非三闾大夫欤？何故至于斯？"屈原曰："举世皆

浊我独清，众人皆醉我独醒，是以见放。"

渔父曰："圣人不凝滞于物，而能与世推移。世人皆浊，何不淈其泥而扬其波？众人皆醉，何不哺其糟而歠其醨？何故深思高举，自令放为？"

屈原曰："吾闻之：新沐者必弹冠，新浴者必振衣。安能以身之察察，受物之汶汶者乎？宁赴湘流，葬于江鱼之腹中。安能以皓皓之白，而蒙世俗之尘埃乎？"

渔父莞尔而笑，鼓枻而去。乃歌曰："沧浪之水清兮，可以濯吾缨。沧浪之水浊兮，可以濯吾足。"遂去，不复与言。

就在屈原写下这首诗不久，他听说秦国军队攻下了楚国，他所担心的事情终于发生了。完全绝望了的他，纵身跳进了将要汇入湘江的汨罗江水中。根据历史学家的考证，这件事大约发生在公元前278年。

我们沿着汨罗江往南延伸的河堤公路开了十多公里。点缀在绿茵覆盖的冲积平原上的是水牛、山羊和成群的鸭子和鹅。这是在中国难得看到的景色，如此大片的土地却没有村庄，没有建筑物，除了偶尔看到在河边张网捕鱼的渔夫外，没看到其他人。大约三十分钟后，我们在一个叫楚塘的渡口停了下来，跟在六七辆车后面等待渡船。这是一条乡村渡船，基本上就是一个铁壳里装着一台发动机。河面宽不过二百米，可是不得不在那里等上二十分钟才轮到我们。我们一到对岸，就顺着一条河边的路开往不远距离的一处可以俯瞰汨罗江的建筑群。那就是我们寻找的地方：屈原祠。

这里是屈原苦思冥想未来的地方，也是屈原被流放后的住所，位于可以瞭望汨罗江的小山坡上。根据祠堂看门人的介绍，屈原跳河的位置在下游约七公里处。那里原来也有一个纪念屈原的祠堂，但后来被红卫兵给毁掉了。他说通过楚塘渡口到这里来得最多的游客是日本人。这让我们感到有些意外。但真正让我们感到吃惊的是其原因。他说一个日本学者写了本书，在书里他声称——不管你相信不相信——屈原是个日本人。应该给这个学者提供点事实和足够长的绳子。让他把绳子捆好，自己吊上去试试。

说到屈原祠堂，从汉代以来，或者说两千年以前，它就在这里了。现在的祠堂可以追溯到公元 18 世纪，包括入口处顶上不寻常的现实主义风格的作品：屈原浮在水波间的浮雕。屈原的祠堂让我们想到在长沙岳麓书院参观所见：在没有天花板的木头房梁下，刷成粉白的墙上挂着一幅幅卷轴画，上面都是过去和现在重要的参观者留下的墨宝。其内容表明，屈原没有被忘记。

当我们告诉看门人我们也都是诗人（谁说不是呢！）时，他立刻邀请我们一起喝茶。当等着茶凉下来时，我们向他提出了一个问题：屈原的遗体当时是否被找到？如果找到了，那么他的墓在哪里？看门人说屈原的遗体是被找到了的，但他不止一处墓，而是有十二座！这十二座墓分布在祠堂所在的汨罗县广阔的乡野里。他说这样做的理由是防止盗贼盗墓。我们问他最喜欢哪一座，他说他喜欢镇北边靠近铁路桥的那一座。

不管屈原的遗体实际上是否被找到了，一个盛大的节日在他死后实实在在地兴起了。在英语中它叫作龙舟节，因为赛龙舟这个风俗的起源就是为了从水里的龙那里把屈原的遗体抢回来。在汉语中，这个节日叫作端午节，端午的意思就是正午的太阳，因为它是阴历第五个月的第五天，通常是夏至前几天，而此时的太阳处于一年中的最高点。这是中国最古老的节日之一，和屈原产生联系也有差不多两千年了。如今，它还被作为"诗歌节"加以庆祝。

我们品茶的工夫，看门人还告诉我们，将来这片区域里的所有遗址将和屈原联系起来发展，宏伟的规划正在进行中。我不禁疑惑，他们准备从哪里吸引游客，钱又从何而来？根据我们进门时的签名，屈原祠堂一个月的观众也就十人。尽管如此，我们还是高兴政府没有忘记屈原。我所喜欢的一个诗人是王维。王维曾经说，只要没有带上屈原的诗集，他哪里都不愿意去。屈原不仅是有名，他的措辞和韵律感成为所有中国大诗人学习的楷模。

最后，我们起身谢谢招待我们的主人，并同他道别，然后返回汨

屈子祠

罗市。路上,我们要求司机带我们去镇北边的铁路桥附近,去看看屈原墓。找到那里真不容易,但是我们的司机不断打听,加上农人们的热情指点,最终我们还是找到了。野草覆盖的坟头前,一块墓碑刻着:屈原三闾大夫墓。

我们驻足良久,对着坟头三鞠躬,然后继续向前赶路。当车开回公路上,我们要求司机停车。我们完全没有理由回到汨罗市里再去乘长途车,而完全可以在公路上等候。把行李从汽车后备厢取出来后,我们站在路边等候往北开的车。这是一次短暂的等待。当我们顺利地登上车前往我们的下一个目标时,我坐在车厢里又写下了一首诗,标题是《探访三闾大夫》:

> 他的坟茔紧傍着铁路桥,
> 他的祠堂下游五里之遥。
> 看门人领我们进入祠堂,
> 还煮茶陪我们叙古闲聊。
> 坐在屈原生活过的故址,
> 对着他投河的水流滔滔,
> 我们闻到了浮动的花香,
> 千年后还在空气中飘飘。

作者一行人在杜甫墓前合影

# 第六章

## 江上之神

离开汨罗市后一个半小时，我们到达了湖南的另一个城市岳阳。岳阳位于洞庭湖以东，是湖南北部的省界。"湖南"这个词意味着湖的南部。而这个"湖"，指的就是洞庭湖。洞庭湖是中国第二大淡水湖，它的主要支流就是湘江——我们进入湖南后一直沿着走的河流。反过来，洞庭湖水又注入长江，从离岳阳市几公里的地方流过。所以，我们也可以说来到了长江。实际上真是这样，因为岳阳事实上就是长江的一个港口。

离开长途汽车站后，我们沿着朝向湖区的一条主要街道行走，在一家可以俯瞰湖水的旅馆办理了入住手续。时间已接近黄昏了，但光线尚好，所以我们又走出旅馆，顺着与湖平行的街道行走。我们想在这个城市最有吸引力的地方看日落，那就是岳阳楼。中国有三座这样的楼可以追溯到接近两千年前。另外两座分别位于北面的武汉和东面的南昌，我们有计划一一游览。岳阳楼是三座楼中最小的一座，只有十五米高，但在它的楼上观看夕阳西沉非其他两座楼可比。在另两座楼上放眼望去，只能看到空气被污染了的城市。

从环绕二层楼的阳台望去，我们看到湖水从金黄变成红色，从红色变成粉红，最后变成了紫色。这就是岳阳楼最早建在这里的原因，不过可不是为了看日落，而是为了看洞庭湖。它最早是作为观察平台修建的，以方便从平台上观看水军的演习。那是在一千八百年前。那以后这座楼又被多次重建，每一次都建得不一样。最近一次的复建是以一千多年前宋代的式样为蓝本的，其卷翘的房顶和重檐就像要带着这座楼起飞似的。

天黑了下来，水天融合成一体，我们沿着湖边的步道回到了旅馆。同不远处的长江上所有湖泊一样，洞庭湖起着调节长江洪水的作用，并在不同的年头变化着其大小规模，从冬季的三千平方公里到夏季的两万平方公里。冬天，它的平均深度下降到三米以下，让众多船只无法通行。事实上，那时许多湖泊中的岛屿可以骑自行车或开小车到达。但是我们在那里时是 9 月底，小船仍旧一天两趟地驶往一个小岛。我们只能看到这小岛在地平线上的黑色轮廓。这是洞庭湖最有名的小岛：君山岛，也是我们打算次日上午探访的地方。

第二天，我们早上 7 点半就起了床，以赶上我们的船。那里每天只有四条船，人满满的，就像我们乘坐的任何一趟客车一样。我们担心船上是否装载了太多的人，是否超过了船的承载量。但是我想可能没事。湖水比游泳池的平均深度还浅，即使船沉了，我相信也没有人会被淹死。

船即将解缆之时，船长把我们请进了驾驶舱。我们看到他操纵船是通过一根竹竿。他说他选的路线是够他的船吃水深度的唯一路径。他还说洞庭湖像一个湖的天数屈指可数。每年湖里都会因为支流上游沿岸乱砍滥伐和开荒建茶园而增加大量的泥沙。

实际上，茶是我们到君山岛去的一个原因。它的坡地生产了中国最好的一种茶，被叫作"毛尖"，因为它被采摘的时候其叶还包裹在毛茸茸的嫩芽中尚未展开，刚开始生长叶绿素和咖啡因。最好的品种被叫作"银针"。不巧的是，只有春季才能看到采摘，而我们到那里时是秋天。然而次一等的也不差。一到那里，我们径直走进一家茶馆，点了几杯茶。当我们坐在那里等着泡茶的时候，看到杯子里的茶叶就像上百把微小的小刀，仍被它们的叶鞘包裹着。泡水后，茶叶慢慢开始沉淀，少顷，我们端起来品尝了一口，其味道就像清晨的露水一样新鲜和纯净。

但是君山岛还有一样东西比茶叶还有名。这里有两座可以追溯到四千二百年前舜帝时期的墓。这是舜帝两个妻子的墓。当尧帝选定舜为自己的继承人时，他把自己的两个女儿也嫁给了他。而她俩很少离开他身边。在位三十多年后，舜帝决定要去南方不开化地区视察，他把两个妻子留在湘江注入洞庭湖的地方，自己则穿过衡阳南面的大山，进入了现在的广西。不幸的是，那里的土著并不欢迎他的到访。舜帝死在梧州城外的一次战斗中。这个梧州，就是今天的旅游者在从广州去往美丽的桂林的路上要经过的那个梧州。

当舜帝死亡的消息传到他的两个妻子那里，她们悲痛不已，遂投水而死。她们的遗体就葬在君山岛上！所以我们饮罢了茶，便起身去到她们的陵墓和为纪念她们而建的祠堂。屈原写的《九歌·湘夫人》一诗就是纪念她们的，他把她们称为"湘夫人"。这首诗是这样开头的：

> 帝子降兮北渚，目眇眇兮愁予；袅袅兮秋风，洞庭波兮木叶下；
> 登白薠兮骋望，与佳期兮夕张……

湘江里有什么，引得中国的诗人们和美人们都往里跳？

祭奠了舜帝的两个妻子后，我们绕着岛走了一圈，仅仅花了一个小时。然后登上同一条船回到岳阳。在旅馆结过账后，我们乘出租车到了火车站，上了往北开的车。跟以往一样，还是没有座位。但是当列车员来验票时，出于对我们的同情，他把我们领到了火车前部的卧铺车厢。时间刚到下午，大多数铺位还空着。难得有这样的待遇，我们躺在铺位上很快睡着了。三个小时后，列车员准时叫醒了我们，让我们准备下车，蒲圻车站到了。

蒲圻还有一个很响亮的名字：赤壁①。不过，它还不是我们的目的地。然而天色已晚，已经没有开往我们目的地长江边的公交车了。我们从火车站步行了几条街，最后，住进了唯一一家接待外国人的旅店。这一晚没有什么好说的，但我们至少已经来到了湖北省。湖北的意思是"湖的北部"。我们终于离开了曾有很多人投水自杀的水域湘江，把洞庭湖抛到了后面。

第二天一早，我们直奔长江。从赤壁市，我们坐上早上 8 点开往洪湖的长途车，洪湖在长江的对岸。一个小时后，我们来到赤壁镇——以这个名字命名的唯一的镇，只比一个村庄大不了多少。我们下车后长途车继续开往渡口，那里有轮渡载运车辆和人。

去往河边只有一公里的路，但我们不想背着背包走那么远。所以

---

① 蒲圻于 1998 年正式改名为赤壁市。——译者注

在去江边前，我们把背包存放在一个干杂店里，然后循着一条土路走了二十多分钟，来到了可以俯瞰江水的河堤上。我们终于来到了长江！在夏季，长江的水流量非常大，但是在秋天，它的水流量下降明显，江面只有不超过一公里宽。我们站在那里观看了一阵江上来来往往的大大小小船只，然后继续沿着堤上的土路走向伸入河中的岬角。几分钟后，我们站到了悬崖上。传说这里就是中国古代一场著名战役的现场：赤壁。我们寄放行李所在的镇，我们昨晚住店所在的小城，都是用的这个名字。

这场战役发生在公元 208 年。当时东汉政权已经是名存实亡，战争的双方是两股对立的势力。就在我们现在所站立的地方，他们隔江对峙。北边势力的领袖是曹操，中国历史上最有名的政治家和军事家之一。但是南岸势力中的首席谋臣是大名鼎鼎的军事战略家诸葛亮。在一场战役中，他用不到两千人的部队击退了对方二十万人的大军。在赤壁之战后的另一场战役中，他在一个城楼上抚琴，吓退了围困他的敌军部队。这一次，敌人仍然占优势，但他又一次取得了胜利。[①]

诸葛亮不仅是一个伟大的战略家，还精通天文地理。世界上也许还有更重要的战役，但是这场战役在中国历史上是最重要的战役之一。这场战役的名气主要源于明代的一本叫《三国演义》的小说的描绘。在一本写毛泽东的书中，谈到毛的青少年时期时，曾这样说："在我们同学间，这是我们最喜欢的一本书。其中的故事情节，我们已然烂熟于心。"

这本小说描写到了一个精彩的情节，诸葛亮在岸边建了一座塔，以作法借东风。他需要风把装满了易燃物稻草、硫黄、硝石和鱼油的船吹向对岸敌人舰船云集的锚地。风真的在需要的时候来了，北岸的敌军势力就此被瓦解了。当我们站在这场战役的发生地赤壁的悬崖上眺望江面，我们的思绪回到了两年前在西安以西的终南山山脚下访问

---

① 作者关于诸葛亮在赤壁之战中的作用显然与史书的记载有出入。——译者注

诸葛亮庙时的情形。在庙的庭院里，我们用手摸了摸据说是在他逝世时从天上掉下来的陨石，它滑得像一滴眼泪，来自上天的一滴眼泪。

在赤壁古战场徘徊了一个多小时，我们回到了下车的那个乡镇。这里没有多少长途车经过，但半小时后，我们先前乘坐过的车从对岸回来了，于是我们上车又回到了蒲圻。一到蒲圻，我们就步行去另一个长途汽车站。不少小城有好几个长途汽车站，但是蒲圻只有两个。我们往返江边乘坐的那辆车的司机告诉我们，当天从另一个车站开往我们下一个目的地的班车将在三十分钟后发车，步行到那里要十分钟。对我们来说这应该没有问题。但是走到半道我发现我的笔记本没了！很显然我把它落在汽车上了。我跑回长途车站，看到我们乘坐的汽车停在停车场里，但是我的笔记本已经不翼而飞。我的笔记本里有关于这一路的说明、我的看法、我的妙语，一句话，我此行的全部工作！

当我站在那里正急得不知所措时，一个在汽车站卖冰棍的妇女走近我，问我是不是丢失了什么东西。我叹了口气，告诉她我丢了我的笔记本。她说我们的车到站后，她看见有人从车厢里捡到了什么东西。我的心跳到了嗓子眼，立即就想去追捡到我笔记本的人！但是我们要赶下一趟车，没有时间了。我求她如果她能找到捡东西的人，我会酬劳她的。她问我愿意付多少钱，然后最不可思议的事情发生了，她打开冰棍箱盖，我一眼就看到了我的笔记本，它就在里面！经过简短的协商，我出十五元人民币赎回了我的笔记本——我的全部工作成果。然后我们仨用最快的速度跑向另一个长途汽车站，在那辆汽车正要出站的时候赶上了最后这班开往武汉的车。我们有三个小时来恢复正常呼吸。

在太阳落山时我们抵达了武汉。事实上，我们到达的地方是武昌，组成武汉的三个区中最大最古老的一个。武汉的"武"字代表着武昌，它位于长江的南岸；"汉"字代表了另两个位于长江北岸的城市，汉口和汉阳。而它们的"汉"字则源于流经它们境内汇入长江的一条河：汉江。

直到一百年前，汉口还几乎就是一个渡口，而汉阳只能勉强算是一个镇。但武昌是政府的行政中心所在地，两百年前就是中国华中地区的商业中心。武昌还是传统的中国终结和现代的中国开始的地方。1911年，在这里驻守要塞的城防官兵打响了反抗帝国的第一枪，点燃了终结两千年封建帝制、建立共和制度的革命之火。

尽管武昌是武汉市的中心，但是我们没有待在这里的计划。我们想去河对岸，住在临河的饭店里去。我们把行李塞进一辆出租车的后备厢里，然后请司机为我们推荐一个住的地方。他显然是按照大多数出租司机的做法，把我们拉到了一家以外国人和有钱人为对象的晴川酒店。我们疲倦得没有精神和他讨论他的选择。但是，当我们走进光可鉴人的大理石铺就的酒店大堂时，立即感觉来错了地方。当前台服务员告诉我们房间每天是一百七十元人民币即三十五美元时，这种感觉更强烈了。正常情况下，我们不会来这样高大上的酒店，但是任何人在这种情况下都会被激发出小小的自尊。此外，我们盘算了一下，这些日子住政府的接待中心或小旅馆为我们省下了一点钱，所以，我们也奢侈一把吧。我们的房间在十四层，我们获得了难以置信的观景位置，长江和架在江上的毛泽东时代修建的长江大桥一览无遗。尽管我们一副穷酸相，但那时我们感觉自己很富有。

意识到自己正在一个奢侈的酒店里，我们下到一层，在酒店外街对面的餐厅里享用了一顿奢侈的晚餐。我们感觉自己正在度假，甚至喝了酒。事实上，我们不仅在餐厅喝了酒，还在酒店的便利店里买了四瓶葡萄酒带回房间。我们把房间里所有的椅子集中到了窗户跟前，欣赏窗外武昌城闪烁的灯光，和像黑色的带子一样把武昌和汉阳分开的长江。一边欣赏美景一边喝酒，直到四瓶酒喝光，而时间也已经是凌晨3点，我们这才上床睡觉。我们确定无疑是在度假。

第二天没有早晨，至少对我们来说是这样。我们努力想爬起来，但又放弃了。我们重新跌入梦乡，直到上午11点才起来。尽管这样，我们还是挣扎着起了床。但是假期结束了，该是继续我们的旅行的时候了。12点我们结了账，不过没有走得太远。我们叫了辆出租车，去了汉阳的古琴台。这个景点离我们的酒店不过五分钟的车程，看起来是开始新的一天的最佳地方。我们把行李寄放在门口的售票处，踏上台阶走向一个小山坡的顶部，这里就是当年俞伯牙和钟子期相遇的地方。

俞伯牙是中国古代的一个著名音乐家，但是在见到钟子期以前，他没有觉得自己演奏的音乐为人所赏识。公元前1000年的某一天，俞伯牙在这个可以俯瞰汉江汇入长江的地方抚琴，一个樵夫停止了砍柴，凝神倾听。他的名字叫钟子期。当俞伯牙一曲演毕，钟子期向他准确地描述他听到的音乐是什么意境。俞伯牙大为兴奋。尽管他们分属于不同的社会阶级，但两人很快就成了朋友。若干年后，钟子期去世了。失去了懂自己音乐的朋友，俞伯牙悲痛得把他的琴摔在地上，从此再也不弹琴了。从那时起，中国人就以他俩的故事为范本来形容互相了解的朋友。他们叫这样的朋友为"知音"。

我们三人坐在古琴台的树荫里。我们也是知音，知道彼此在想什么：昨晚喝了太多的酒，我们应该睡得早一点，但至少我们没有酗酒闹事伤害谁或被逮捕。这标准不算高，但对我们来说足够好了。我们都能听到同样的音调——闲坐在那里看着风吹动树叶哗哗作响。过了一会儿，我们决定动身去乘车了。

我们回到公园门口，取了我们的行李，坐上一辆出租车，跨过汉江，到了汉口码头。汉口码头是长江里上行或下行的船只停靠的地方，而我们的目的地是下游。我们买了晚上发船开往九江的船票。这里每天只有一班开往九江的船停靠那里，要到晚上8点才开船。这就给我们留下了六个小时的消遣时间。所以我们决定再动一动。把背包寄放在码头的寄存处，我们登上了汉口和武昌之间的摆渡船。河对岸有公交车专门服务于从渡船下来的旅客，我们坐上其中一辆去了湖北省博物馆。

就像湖南省博物馆一样，这个博物馆也是最近考古发掘的受益者，尤其是从一个诸侯王陵墓发掘出土的物品。这座于1978年被发现的陵墓比马王堆汉墓的历史还要早些。它位于武汉市西北方向一百五十公里靠近随州的一个军事基地。发掘出土的随葬物品有一万五千多件，其中有一千多件在博物馆展出。这些物品属于一个诸侯王曾侯乙，他死于公元前 430 年前后。我以前听说过这次发掘的情况，但是没想到出土的物品是如此之丰。这些物品的艺术性无与伦比，我还从来没有看到过有什么东西可以与之相媲美。它们不是简单地从地下挖出来的物品，它们每一件都天然属于博物馆，每一件都值得摆在陈列架上供人观赏。我能说出好几十件，但我的最爱是跟实物一样大小的一件青铜动物，它有鹤的身体和鹿的角（这两个动物分别象征长寿和官位）。它锻造得如此精致，生活在当代的任何雕刻家看到这件作品都会心生妒意。

曾侯乙棺材的内外都让人印象深刻，其墓室里的物品竟然有令人难以置信的九吨之多！它们用青铜框架建成，用稀有的木材镶嵌，然后喷漆，再画上艺术图案。但是曾侯乙不光带上了他的这些物品去另一个世界，他还带上了他的女人们！有二十多个！经过对她们遗骸的化验，科学家们断定，这些十三到二十六岁的女性全都是被毒死的。

撇开这些可怕的随葬不说，陵墓里还出土了中国最重要的青铜器。在古代中国，青铜器的生产主要用于精神领域的仪式，第二位的才是用于战争。曾侯乙墓中这些青铜器的重要性在于它跨越了仪式应用的范围，透露了某个历史时期、某个文化领域艺术眼光的一致性。它本身就是一座博物馆。

正当我们在那里观看那些不可思议的出土物品的时候，忽然听到从廊道传来的音乐声，便循声赶了过去。原来是一个姑娘正在演奏从曾侯乙墓中出土的一组青铜铸成的编钟。编钟的声音低沉、浑厚，前一个铜钟的声音尚未散尽，后一个铜钟的声音已经响起。我们的脑子里也反射性地回荡着它的嗡嗡声。当这个姑娘演奏毕，她说中国的艺术史学家认为，出土的编钟是整个墓室的艺术收藏品中最精彩的部分，它说明了很多问题。这是件令人惊异的藏品。

这里有太多的东西可看，它们太精美了，但是我们的注意力转移了。在这里停留了一个多小时后，我们出了博物馆，回到了大街上，搭上了一辆公交车，然后在黄鹤楼附近的小桥下了车。这是中国三座塔楼中的第二座。但是与岳阳楼不同，它是不久前刚重建的，用水泥代替了木材。不知怎么的，我们感觉水泥的似乎更适当。黄鹤楼有五十米高，它是中国主要工业中心之一武汉的城市标志。它的楼上是观看流经市区的长江的绝佳位置。黄鹤楼的名气源于一个传说故事：两千多年前，一个道士骑着一只黄鹤飞向天堂，而这里就是黄鹤和道士出发的地方。而我们现在的愿望则是找到一辆出租车带我们从这里奔向码头，让船带我们进入梦境。但我们不是神仙，我们的船也不是黄鹤。

载着我们的船"江神"5号晚上8时准时离开了汉口。我们的两个独立客舱里还有床。来往长江的客船，其客舱分四个等级，五等舱相当于一个大房间，里面有五十张床；四等舱有十多张床；三等舱有六张床；二等舱有两张床和一个洗脸池。没有一等舱。我们决定再奢侈一把，所以买了二等舱，价格是九十元人民币。这里到九江的水路距离是二百七十公里。

我们在码头附近吃了晚饭，赶在开船前半小时上了船。但是如果我们更早点上船就好了，因为可以看到江景的舱室都没了，我们只能住进中间廊道的舱室。后来我们才知道，乘客被允许在开船前一小时上船，而舱室是根据先来先选的原则确定的。如果是在夏夜里乘船，靠河的舱室是非常抢手的，好在此时已是深秋了。但是还是有点热，而且待在四面是墙的小舱里是很乏味的事情。所以，待船上的服务员都去休息后，我们抓起我们的毯子和枕头来到舱室外面，伴着十来瓶啤酒躺在前甲板上。那里有凉爽的微风。"江神"5号平稳地行驶在长江水面上。

啤酒喝了一半时，我们很想知道我们的船开得有多快，便决定去问问。我们摸上了顶层甲板，敲了敲那里的一扇门，但是没有回应。史蒂芬在很多条船上工作过，他判断这道门是通往驾驶室的。我们便推开这道门，进入一个足以摆放一百张床的大厅，但是那里空无一物。四周漆黑一团，只有仪表盘和雷达屏反射到船长和大副脸上的光亮。

黄鹤楼

船上的驾驶舱和飞机驾驶室一样，通常是不欢迎参观者的，但是船长跟我们挥手，欢迎我们进去。他回答了我们想知道的每一个问题。至于促使我们来到这里的船的速度问题，原来是每小时三十公里！相当快的速度。除了偶尔经过的煤驳船和集装箱货船的舷灯，河上看不见任何东西。天空乌云密布，也是黑沉沉的一片。大副用他的手电筒照亮地图，告诉我们现在所在的位置。他一说出这个地名，我们便匆匆谢过他和船长，立即往下跑回到我们喝啤酒的地方。我们可不愿意经过这个地方而忘了向中国的伟大诗人举杯。

我们正在经过的地方也叫赤壁。在长江边上，有两个地方叫这名字。我们已经去过了其中一个赤壁，它位于武汉上游二百公里的地方，公元 208 年那里进行了一场中国历史上非常著名的战争。而在武汉下游一百公里的地方，那里是另一处赤壁。公元 1082 年的一个夜晚，一个诗人和他的几个朋友带着一壶酒泛舟江上。这个诗人就是苏东坡。他在这里写下了两篇为人传颂的文章：《前赤壁赋》和《后赤壁赋》。在《前赤壁赋》中，他叹惋永不止息、流逝无常的江水和阴晴圆缺的月亮，然后开怀大笑，赞美了它们永恒的存在。在《后赤壁赋》中，他游赤壁后醉卧家中，梦见在江上看见飞临他们的一只鹤原来是个羽化登仙的道士。举杯祭奠了苏东坡后，我们沉沉地睡去。但我们是生活在大地上的凡人，午夜后不久就被大雨惊醒，不得不狼狈地回到自己的舱室中。伴着风雨声，我们再次睡着了。

赤壁

# 第七章

## 庐　山

没睡多久，我们就被船上的喇叭吵醒了：船已经到九江了！此时是清晨 4 点半。当我们背着背包蹒跚着走下船时，天空中大雨如注。幸好有十来辆出租车和面包车等在那里。当我们站在雨中和驾驶员讨论要去的地方和车费时，突然看见别的乘客排队上了一辆旅游客车。这是全天游庐山的车。虽然我们确实没有计划此时上庐山，但眼下没有更好的选择，所以临时决定也上庐山。

庐山是中国风光秀美的名山之一，以山峰的云遮雾绕和瀑布的飞流直下而著名。但是通向相对平坦的山顶的道路一直到 1953 年才彻底建好。从那以后，庐山变成这个国家最受欢迎的旅游目的地之一。谢天谢地，我估计是大雨的缘故，山上除了我们这车人外几乎没有其他游人。当然了，我们到哪里都是孤单的。每次一停车，导游就领着我们到某处景点看云雾缭绕的山峰或者是飞漱山间的瀑布。我们被雨淋得像落汤鸡一样。很明显，这雨一时半会儿是停不了。所以在旅游车又一次停车让大家上厕所时，我们离开了这辆车。当透过水雾，看到前方若隐若现的卢林宾馆时，我们以最快的速度冒雨冲向那里。

这是一座木地板石墙的老宾馆，而今天我们可能是这里唯一的一批客人。房费不便宜，一百五十元一宿。但对我们来说，此刻这里就像沙漠中的绿洲一样。我们住进宾馆后，大雨直到中午仍未停。我们庆幸自己及早结束了今天的游览。余下的时间我们呼呼大睡，以补上昨晚和以前赶时间而损失的睡眠。我们还洗了被大雨淋湿的衣服，并把它们搭在房间的暖气管上烤干。没想到暖气温度真高，晾在上面的衣服都被烤得皱巴了。尽管如此，我们还是很高兴又有干衣服可穿了。我们只在吃午饭和晚饭的时间离开房间去宾馆的餐厅，在那里我们是仅有的客人。晚上睡觉前，我们都认为这是非常美妙的一天，希望今后有更多这样的日子。

第二天，情况大为不同了。当一束阳光透过窗帘的缝隙投在我们

庐山瀑布

脸上,我们发现这是一个极好的蓝天。我们外出走了走,灿烂的阳光刺得我们睁不开眼。为了避开阳光,我们想找个庇荫处,很幸运地找到条通向松林的小道。几分钟后,我们来到了小道尽头的"庐山博物馆"。我们到那里时正好有人在里面,所以门未锁。实际上我们仅仅是早上出来溜达,但是不想错过这样的机会看看里面展出了什么。当然,展出的内容有庐山的植物、动物和昆虫,但是我们感兴趣的是还展出了毛主席 1959 年庐山会议期间住过的房间和办公室。正是在这次会议上,彭德怀批评了毛泽东的"大跃进"。而在那以前二十多年,这里也是蒋介石爱来的地方。那时还没有上山的公路,蒋介石不得不坐滑竿上来。博物馆也展出了他的寝室,包括他定制的西式便池,这样他就能蹲着使用。

但是到了后来,我们觉得还是外面的世界更精彩。于是我们回到宾馆,收拾好我们的行囊,问前台职员我们可以怎样下山。不巧的是,卢林宾馆位于山上的最南部,离有交通工具的景点很远,而我们背着背包走这么远的路不是件惬意的事。所以我们决定还是用钱来解决问题。我们要求前台服务员为我们安排一辆车送我们下山,他答应了。五分钟后,一辆车停到了门口,载着我们朝山下开去。这是一次昂贵的放纵,花去两百元人民币。但想到我们能在车上睡一会儿,我们一致同意这是正确的选择。

上山时,由于我们昏昏沉沉的,没有留意到公路的情况,尽管有那么多弯道,都没有影响到我们打瞌睡。而下山则是不一样的情况,我们没有打瞌睡。司机说这条路有四百个弯道。也许他是对的,但我们没有去数。我们更关心的是安全。当终于到达九江汽车站的时候,我们心里非常庆幸平安地到了那里。

九江可能有它的魅力,但是我们没有足够的时间去探索它的魅力所在。把背包存到长途汽车站的行李寄放处后,我们搭上了开往湖口的车。往东北方向三十公里就是一处自然奇观所在地,我们听说过这个奇观,想要亲眼看看。事实证明,乘坐客车更奇特。一个小时后,当我们下车时,我们乘坐的车上半数的人都分到了我们的钱——不是通过掏我们的钱包。

　　那个年代，当外国人来到中国时，他们是不被允许携带人民币的，也不被允许在当地银行里兑换人民币。他们必须把自己的美元或英镑或法郎换成外汇券。若干年前，当我通过黑市把我的美元换成人民币时，无论何处我总能得到比官方的外汇券多 20%—40% 的交换比率。但到了 1991 年，如果幸运的话，我也只能换到多 10% 的比率了。我喜欢一对一的私下交换，这样我就可以获得人民币而不是外汇券了。所以，当车上有人向我们要求换美元时，我们接受了。我们甚至还接受了按 1:1 的比率用外汇券换人民币。

　　这辆车上有很多旅客是从九江回家的农民，他们中的一人听到我们正在换外汇券，他悄悄地告诉别的人，官方的比率是 5:1，不是 1:1。很显然，他是把外汇券错当成美元了。我们试图解释，但是白费唇舌。旅客们都疯了。车上的每一个人，包括司机和售票员在内都掏出了钱并排成了队，这种场面让我们无法拒绝。在我们旅行路上的许多地方，服务业的工作人员从来没有看到过外汇券，他们只认人民币，所以我们屡屡遭遇拒收的情况。通过这次交换，我们有了足够的人民币支持我们完成余下的旅程。与此同时，我们车厢里的旅伴们一想到自己占了几个傻老外的便宜，乐得都咯咯地笑了。我们在湖口下车的时候，一车人都对我们表现出了善意。然后他们继续乘车前行，带着被认为是美元的外汇券。

　　我们来到湖口的原因是要看看长江。当然，我们在九江就能看到，而且，前一晚上我们刚从长江的客船上岸。但不一样的是，长江流经湖口时，它的颜色发生了变化。而这就是我们想要看的自然奇观。在汉语里面，湖口这个名字的意思是"湖的嘴"，所以也可以说，湖口是中国最大淡水湖之嘴，也就是鄱阳湖之嘴。在这里，鄱阳湖水注入长江。而观看江湖相汇景观的最好地方就是石钟山。

　　从我们下车的村庄边缘走到石钟山公园仅仅花了十分钟。围起来的小山坡是一个让人感觉愉快的公园，还有假山凉亭。很多著名的中国诗人走到这里都停下来，把酒吟诗。有意思的是，我们在湘潭所买的齐白石纪念馆（筹备）馆长的画上，就是九百年前诗人苏东坡站立在石钟山下江边的船上举酒邀月的情景。我们按每张十元人民币的价格买了门票，然后沿着石阶往上走到江边的岩石上。从这里放眼望去，我们可以清楚地看到当年苏东坡小船所在的江面。正如我们所期待的一样，眼前出现了奇异的景象：蓝绿色的湖水和浑黄的长江水在这里汇合，形成了泾渭分明的水流。它们就这样汇合后浩浩荡荡地流向下游，在我们视力能及的范围内两种颜色都没有混合。我们在公园门口买的小册子里说，它们要在三百公里后才完全混合在一起。

这真是个叫人好奇的现象。但是看到这个奇观后，我们没有再磨蹭，因为此时已经是上午 11 点了，而我们还要赶回九江。回到石钟山下村庄附近的公路上等车，我们再一次遭遇了上百村民的围观。当这一幕发生在花明楼的时候，我们侥幸逃脱了警察的麻烦，而这一次，人群给我们带来了益处。按理长途车中的快车到那里是不停站的，但是当人群阻碍了车的通行时，一辆快车不得不停下来。登车后，我们又一次向我们的新朋友挥手作别。

一小时后，我们回到了九江。看罢了长江，我们把注意力再次转向了大山。我们已经看过了雨雾笼罩的庐山山顶，我们决定去庐山脚下看看。不巧的是，那里没有任何公交车开往我们要去的地方。我们只好走出汽车站，拦下了一辆出租车。经过简短的协商，我们出价一百五十元包下他半天的服务。我们已经花掉了一上午的时间从庐山下来，然后又参观了附近的石钟山，此时已经是下午 1 点了。我们不确定是否会将晚上也搭进去，但没关系，我们在旅行，而且是在很舒服地坐着小车旅行。

从九江出发，我们沿着公路围绕庐山山脚西侧行驶了约二十公里，然后转向一条支线公路，并穿过了一片森林。几分钟后，公路的尽头出现了古代中国四大书院中的第二处。我们在长沙已经参观了岳麓书院，而这一处叫作白鹿洞书院。

相传在公元 8 世纪，有个人在这里第一次开办了学校，一只白鹿经常来光顾，书院因此而得名。同长沙郊外的岳麓书院不一样，白鹿

白鹿洞书院的白鹿

洞书院被森林所隐蔽，旁边还有一条潺潺流水的清溪，真是个好环境。但是它的名气不是因为环境好，而是来自于它在很长的历史时期中都是一个卓越的学习中心。尽管它的开办时期早在公元 8 世纪，但是直到公元 12 世纪，它才成为中国四大书院之一。这是因为朱熹的出现。他也帮助过岳麓书院的创办。

除了担任过一个省的最高行政长官外，朱熹还是中国最有名的哲学家之一，以及儒家经典的诠释者。尽管他对儒学经典的评注是八百年以前写成的，但是今天的中国人若学习和理解儒学，不能不首先看看朱熹是怎样说的。在他担任行政长官期间，他经常来到庐山山脚下的这里，进行写作和讲学活动。他还说服皇帝给予白鹿洞书院以经济上的巨大支持。而白鹿洞书院在现代社会以前，一直保持了高级教育中心的地位。

我们从前门进入，走进了书院各式各样的大厅。大厅墙上四处悬挂着在这里从事过教学活动的显要人物的书法作品，其中包括公元 16 世纪的新儒家代表人物王阳明。如同岳麓山的儒家书院一样，这里也不再是一个教育场所，而是成了一个博物馆。但是这里很有参观价值。阳光透过四周的千年古树投下斑斑驳驳的光亮，把白鹿洞书院营造得非常宁静、凉爽。里面甚至还有一个餐厅和十来间卧房供需要在这里过夜的人住宿。如果事先知道，我们是很情愿在这里待上一个晚上的。但是我们已经雇了汽车和司机，而且还有别的地方要参观。在向白鹿塑像表达了我们的敬意后，我们回到车里，然后离开了。

回到主路上后，我们继续前行了四十五公里，然后再次转弯，穿过另一片森林，到了庐山一处山峰脚下的停车场。这处山峰叫"秀峰"，早在一千多年前，它就是一处吸引游客的景点。我们坐在靠近小路起始的地方，看到那条小路长得足可以容我们吃下一碗饺子。突然想起，我们还没有吃午饭！于是走向石阶路，开始往上攀登。我们想要尝尝这座山峰的滋味。万幸的是，这天不是周末，小路上只有我们自己——不，几乎只有我们自己。有十来个滑竿轿夫试图说服我们最正确的上山方式是坐滑竿。也许这是蒋介石的登山方式，但我们不是蒋介石。

龙池和秀峰

伴随着我们一路上行，轿夫们的报价一路下行：从五十元人民币跌到四十元、三十元、二十五元，最后是二十元！但是我们喜欢自己走路。路上我们经过了一尊石雕的观音像。观音是仁慈的菩萨代表，他的这尊像雕刻于三百年前，被置于一个佛教寺庙遗址中。沿着小路往更高处，我们终于来到了龙池。在龙池的黑水上方，我们在一个亭子里坐下来。这里提供了一个观看秀峰的绝佳位置，环境非常优美，看起来可以作为结束我们登山的好地方。但是跟过去一样，我们没有长时间停留。下午的一半时间已经过去，我们调整好呼吸后，转身回到了山下，乘车回到了主路上。

车再次朝南开。十分钟后，我们每开一段就停一次车，向路边的农夫打听温泉养老院。我们并无兴趣去养老院，而是要去它附近的一个村子。我们打听的第三个农夫告诉我们，我们已经开过了一段距离，于是我们掉头开了一段距离，然后把车停到路边。前方大约二百米远的地方是一片古树，靠近一排被稻田和桑园围起来的土坯房子，而那就是我们苦苦寻找的地方。离开公路，我们的车开上一条围绕着稻田的崎岖不平的路，而它通向的地方就是诗人陶渊明（365—427）修建的小宅所在地。

陶渊明一直是我最喜欢的诗人——不只是我一个人。许多中国人都把他视为伟大的文学家。他短暂地做过一个时期的官员，但是，就像他所说的："我怎么能为五斗米而折腰！"在四十岁的时候，他辞官去职，把生命里余下的二十五年时间用来在庐山附近的家乡耕作、写诗，和邻居们一起饮酒作乐。他有一首最著名的系列诗标题就是《饮酒》，在其中第五首中，他这样写道：

> 结庐在人境，而无车马喧。问君何能尔？心远地自偏。
>
> 采菊东篱下，悠然见南山。山气日夕佳，飞鸟相与还。
>
> 此中有真意，欲辨已忘言。

他还写了一些故事，其中一个许多中国人都能背诵，叫作《桃花源记》，是说一个打鱼人发现桃花源的故事。他在一条溪里行船，惊喜地发现一片桃林。他很好奇，于是决定沿着这条溪流往里走，并在水源尽头上岸。他看到山上有个洞，洞里好像有光，就钻进洞里继续探寻。在洞的出口，眼前豁然开朗，他来到了一个美丽的山谷。这里的人们穿着古老式样的服装。当他跟他们打招呼，他们以很难听懂的口音来回应。他们欢迎他来做客，并告诉他说，他们的祖先几百年前为了躲避秦时的战乱来到这里生活，从那以后再没有人外出，于是与外界失去了联系。他们向渔人打听外面世界的事情，而他的回答让他们惊叹不已。住了几天后渔人要回去，当地人送别他并叮嘱他不要把发现这里的事告诉其他人。

渔人在返家的路上做了些标记，并且到家后就向当地的官员报告了此事。官员派了人随渔人去寻找这个地方，但是再没有能找到。于是桃花源的位置就成了个未解之谜。

我们站在陶渊明写作这个故事的小村庄前，他的后代们闻声很好奇地跑出来看稀罕。这个地方不在旅游地图上，所以这里的村民们以前从来没有见过外国人。但是他们很友好，并带我们去看陶渊明以前的农舍所在的位置。他们指给我们看的位置在一条小溪边，靠近我们在公路上就看见的那一排古树。这些树非常古老，一定有几百年的树龄了。这里还有一个标志，是政府的旅游部门竖立的，确认这里确实就是陶渊明家的所在地。在小树林和土坯房的那边，稻田和桑园延伸到各个方向。庐山的巨大远影矗立在西边的地平线上，其中有座山坡朝向南面——这不就是陶渊明在《饮酒》第五首中提到他悠然望着的"南山"吗？！我们很想再待一会儿，但是下午的时光正在逝去，而我们还有不短的路要走。不过，在走前，我问陶渊明的后代们他的墓的方向，因为此前我记下了另一个旅行者跟我指出的方向。他们证实了这个方向，于是我们回到了车里。

几公里后，我们来到了隘口村的十字路口。这次，我们转向北面，面向庐山西侧，朝九江方向开去。两公里后，我们发现了那个旅行者提供的方位，于是转弯下了柏油路，开上朝大山方向的土路。一个牌子上写着：闲人免进。我告诉司机不要管它，继续朝前开。几分钟后，

庐山的东侧

陶渊明家所在的村庄

陶渊明故居的"南山"

我们靠近了一个军事基地的大门。门口的卫兵非常吃惊，我们也同样如此，因为此前我得到的资料中根本没有提到这里有一个军事基地。于是我们下了车，走向卫兵，告诉他我们想参观陶渊明的墓地。卫兵回答说没有得到允许任何人不能入内。对他我们确实没有更多的话可说，但是我们请求他让我们和负责的军官谈谈。我想也许他们能对诗歌朝圣者格外开恩。

卫兵拨通了个电话，报告了这里的情况。几分钟以后，两个军官开着辆吉普车来了。这个军事基地是海军用来存储军需品和做部队训练用的，因为我们能够听到枪支开火的声音。两个军官来了后，重复了卫兵已经对我们说过的话：任何人未经允许不得进入。很显然，我们没有得到允许。没办法，我们只得在大门口遥祭这个伟大的诗人。我们把威士忌倒进三个杯子里，把杯中酒向空中泼洒些，剩下的自己一饮而尽。随后，我们回到了公路上，沿着庐山西侧继续向北开。

那条路是通向九江的，但是半道上，我们最后一次又离开了主路。我们那天的最后一站是东林寺，那是中国最有名的佛教寺院之一。大多数中国佛教徒修炼的是净土宗，而这里就是最先修炼这个佛教流派的地方。在僧侣中，最早去修净土宗的是慧远（334—416）。他在这个寺院时，得到了一些新翻译的佛经，鼓励佛教徒照此修炼，以便能够来世诞生于阿弥陀佛（即无量寿佛）的净土上。佛教徒被告知教化比这个土地上无穷尽的烦恼更容易得到。慧远集合了一批徒弟，于公元402年建立了白莲社，其成员许愿通过诵念阿弥陀佛的名字，寻求来世诞生于一片净土之上。

寺庙虽然还在那里，但是看来我们是来得太迟了。大多数寺庙关闭山门是在大约下午5点钟，如果不是以前那样，那么也至多不会超过6点钟。我们从土路的停车场下来，跨过一座架在满是石块的小溪上的石桥，走近寺庙的大门。大门紧闭着，我们一边大声地叫喊"南无阿弥陀佛"，一边等待回应。我们叫喊了几遍，但是没有人应答。最后，我们失望地正准备转身离去时，大门却嘎吱嘎吱地缓缓打开了。开门的和尚答道："阿弥陀佛。"我们还没有开口问他寺院是否还允许

东林寺

参观，他便微笑着问我们是否想在这里过夜。当然，我们求之不得！我们急忙回到出租车，取出我们的行李，跟司机结了账，往回跨过石桥，重新走进大门。

　　每个寺院都有一个客堂，想在这里过夜的来访者需要登记。门口招呼我们的和尚领我们走进来，写下我们的名字。然后管理人带着我们上了楼。僧人们已经吃过晚餐，幸好我们的行囊里有些花生和饼干可以对付。洗了个凉水澡后，我们躺下很快睡着了，蒙眬间听到僧人们撞响大钟一百零八下。每一下钟声都代表着从苦难中拯救的众生，包括那些宿醉者和腿疼的人。

# 第八章

## 虚 老

我们的甜梦里没有苦难，所以在净土宗的祖庭里我们居然没有被叫醒。这里同样是一个古老的红尘世界。但至少它是寺庙里的尘。寺院非常安静。早饭是在6点，有人敲了我们的门，但是我们酣睡依然。我们是在度假。终于，到早上8点的时候，我们起了床，把东西收拾好，然后走到门外去谢谢客堂管事人让我们借宿。当我们走进客堂的时候，我们看见管事人正在同一位年长的和尚说话。原来他是寺里的方丈果一法师。我们谢过他们的好客，并告诉他们我们想在离开前去祭奠慧远。

　　方丈带领我们来到慧远的神龛。就是在这里，慧远带着他的一批徒弟许愿要重生于净土之上，并开始了念以阿弥陀佛命名的佛经。尽管东林以佛教修炼中心而闻名，但它在十二年前，也就是1979年，随着政府宗教自由政策的恢复，才重新回归佛界所有。当时，果一法师说服当地政府归还了寺院上千英亩的农耕地和森林，以及别的建筑物。他还募款重修了大殿和僧人的宿舍。当年慧远领着僧人们举行第一次净土仪式的大殿也重新修建了。我们走了进去，敬了香。随后，方丈告诉我们，慧远的遗骸位于一个较小的偏殿里，有一条小路通向那里，并可以回到公路上。因为我们想瞻仰后直接上路，所以我们带上背包按照方丈指的方向走去。两分钟后，我们找到了那里。

　　在清晨的阳光下，一个老和尚正坐在偏殿的外面，手指捻着一串长长的佛珠。但他一看见我们，立即站起来，做了个请进的手势。我们把背包放在门口，进到了里面。他递给我们每人三支香，然后我们把香点燃，插在了慧远塑像前的香炉里。当我们看着香的销蚀时，老和尚坚持让我们坐下和他一起喝杯茶。他说过去通往庐山山顶的小路是从东林寺开始的，从这里登上山顶只用三个半小时。现在每天都有数百人来慧远的偏殿敬香，因为现在这里有公路通向山顶了。他也每天都生活在游人之中。他很高兴有人可以说话。

在这方面他可以比我们生活得好点——我们又要急着告辞了，因为还有很长的路要走，并且不确定是否能赶到那里。我们谢过他请我们喝茶，继续沿着通向公路的小路行走。半道上，小路带我们经过了西林寺。这是一座尼姑庵，靠近它的是一座四十米高的宝塔。宝塔给人印象深刻，我们想走近看看。但是它被一道高墙围着，而院门是闭锁着的。正当我们围着院墙想找个入口进去时，看见一个正在尼姑庵的蔬菜地里忙乎的尼姑。她停下手中的活儿，告诉我们宝塔有院墙的原因。"文化大革命"期间，一队红卫兵闯到了庙里来，开始毁坏任何他们看得见的东西。他们中的一个人爬上了宝塔，想要毁掉宝塔外面的浮雕。她说她想制止他，但他根本不听。结果他一不小心失足从塔上掉下来摔死了。从那以后，这里就修了这么道墙，不让闲人进入。

她留我们喝杯茶，但是我们已经喝了我们的早茶了——那已经成了我们的旅行方式，所以我们同她告辞并回到了小路上。几分钟后，我们已经站在昨天我们走过的柏油路上。我们把背包放在地上，等待着往南开的客车。我们过去等车都很顺利，但这次是个例外，我们等待的时间不是几分钟而是几个小时！最后我们终于明白了，昨天出租车带我们走的这条路可能不是客车走的路。但是因为背着背包走到最近的乡镇或者长途车站路程太远，我们不得不向过路的货车招手。两个小时过去了，我们才最终拦下了一辆愿意带我们的货车。我们把背包扔到车厢里，然后挤进了驾驶室。如果每个人都像这个司机一样世界就完了——他停车让我们上来仅仅是因为他感到无聊；如果每个人都像这个司机一样世界就完了——他认为跑到他的国家来的人都是白痴。他很高兴有人愿意听他这么抱怨。尽管这样，他的话有大部分我们还是听不懂。我们仅仅是点点头，让他感觉我们在听他的话就够了。

两个小时后，他把我们带到了德安。此时已是下午1点了，我们乘坐的长途车没有在计划的时间发车，一直等到了2点钟。还好，至少我们利用这个时间吃了顿面条。我们如此慢节奏是因为我们目的地位置有问题：它不在主路边上。但至少这趟车可以把我们带到它的附近。但这车到了下午2点仍然没开，我们坐在汽车站又等了三十分钟。

西林寺宝塔

开车后刚不一会儿，这辆车又开始不断地停车、上人、下人。三个小时后，我们终于在那个叫作虬津的地方下了车。这个地方类似于上午我们拦货车的地方。我们在这里下车是因为这里距我们要去的一座山最近。但此时太阳已西沉，要找到去那里的交通工具不大可能了。这里没有任何旅店，只有一家貌似餐馆的地方楼上有间屋子，里面摆着四张床。尽管吃不好住不好，管他的，至少有个地方可以吃饭可以睡一觉，就像暴风雨中有个港口可以避一避。

吃了点味道不怎么样的炒饭，喝了些温乎乎的啤酒，我们上楼进了房间。正当我们收拾了准备睡觉，老板娘为我们拎了开水上来。我们问她厕所在哪里，她把我们带出门走到外面的阳台上，指了指下面的池塘。临睡前我们恶作剧了一把：我们把小便对准池塘里浮现的几条鱼射去。

但这样的住宿条件至少让我们省了钱：晚饭、啤酒和三个人的住宿一共三十二元人民币，还不到六美元。第二天早上，我们被卡车的喇叭声吵醒，连忙走到公路边想找辆车把我们带到我们要去的那座山的山顶。最初的协商都无效。拖拉机、摩托三轮车和货车司机的报价都是至少要一百二十元才把我们送到山顶。这里到山顶不到二十公里，我只愿意出一半的价。我发现这种情况下最好的办法是报一个合理的价格，如果他不接受，我们转身就走。成功了！其中一个司机开车追上了我们。他同意把我们送到山顶，收五十元人民币。

我们爬进了他的焊接三轮摩托车车厢，在飞扬的尘土中离开了虬津。在往南开了五公里后，摩托车拐向了一条通向云居山顶的土路。云居山是中国最著名的禅宗和尚之一虚云最后的安息地。他在山上度过了生命中最后的岁月，1959 年在那里圆寂，卒年一百二十岁。我们怎么能够不去瞻仰他的墓地呢！

我们开始曲里拐弯地爬山路。不久我们就明白了为什么这个摩托车司机同意接受我们五十元的报价，而他的那些同行的报价是这两倍之多：一到坡度超过十度，他就要我们下车步行。十五公里的上山路，花了将近两个小时我们才最终到达山顶。

在路快到尽头时，我们经过了一处建筑，是一家旅店。但它的大门关闭着，看起来像是空无一人。我们很奇怪，为什么把旅店建到这里呢？

我们继续往上，几分钟后抵达了真如寺的前门。这座寺庙和我们以前看到过的都不一样。红尘世界在门边终止了。远处是满是稻田和荷塘的山谷，山谷的尽头就是真如寺禅院，它的三面被上面云居山的森林包围。我们后来才知道，这个寺庙前门内的全部土地就在不久前被收回了控制权，大概有一千英亩呢。多好的禅院环境呀，随着那些农田被收回，它该不会被破坏吧？

我们从车厢里跳下来，付了司机车费。很显然，下坡时他再也用不着人推车了。在进大门之前，我们先朝封装着虚云遗骸的纪念馆走去。它位于前门左边一百米，拱门上刻着虚云的绰号：幻游老人。祭奠了虚云后我们走出纪念馆，好奇地打量这个禅院。就在这里，这个年迈的旅行者度过了他虚幻的最后时光。

当我们进入前门后，便沿着一条石阶路走向禅院的两口池塘。虚云在他生命的最后一个春天里，还帮助疏浚了其中的一口。那一年是1959年，他已接近自己一百二十岁的生日。当他的一个徒弟建议搞一个仪式庆祝一下时，他回答说："我就像支风中之烛，快要走到尽头了。每当我想到这儿，不禁为自己过去的虚荣而感到羞耻。我在这个麻烦世界里的百岁人生就像一场梦、一个幻觉，不值得引起大家的关注。因为人一降生就是走向死亡的，一个聪明的人应该把他的心思用在参禅悟道上。我怎么能沉湎于生日庆祝这样世俗的风俗里呢？谢谢你们的好意，但是我要求你终止这个为我庆生的计划，以不增加我的罪恶。"两个月后，他就仙逝了。

我们沿着小路走过了靠近禅院的池塘和稻田，虚云就在这样的环境中度过了他最后的岁月。他被认为振兴了中国的禅宗修行，我们去那里就是为了表示我们对他的尊敬。但是我们还想去见一个我们听说过的和尚，人们叫他奇佛，听说他就在云居山。

走进禅院后，我们径直来到客堂。像东林寺一样，这里是可以为

云居山真如寺

装着虚云遗骸的纪念馆

参观者提供住宿的。前晚在东林寺，客房负责的和尚很快就完成了登记程序，但这次没那么顺利。负责客房接待的管事人说因为没有介绍信或者证明，我们不能在这里过夜。但是我们就是旅行者而已，上哪儿找这些文件呀？！我们急忙加以解释，但他说我们自己说的话构不成证明。我们一片茫然。从背包里掏出了和尚和尼姑用于记录他们诵经次数的佛珠，但这东西对他仍然没用。他说，任何人都可以买到佛珠。虽然我们说自己是佛祖的追随者，但空口无凭，什么都证明不了。我们无奈地转身朝门口走，准备离去。但是就在要跨出门时，我突然想起了什么，转身走回去。

我告诉这个和尚，我有证明。说着，我卷起了我左边的袖子。前臂上的三个伤疤变浅了些，但还能看得出来。那是十五年前用香火烙出来的。我曾经在台湾的一个禅宗寺院里生活过一些年，方丈认为应该为我的诚心向佛留点纪念。那便是我皈依佛教的仪式的一部分。和尚和尼姑要用香火烙在剃干净的头顶上，而在家修行的居士要烙在前臂。烙臂的过程持续了十分钟，让人疼痛难忍。但这是中国的佛教徒都要忍受的，为了取悦方丈，我也这么做了。看了我的伤疤，客堂管事人二话不说，把我们带到了客房里。

待我们把背包拎进我们的房间，管房的和尚又带我们来到了方丈的会客室。方丈的名字叫一诚。在我们走进他的会客室前，我们三人为要不要问他关于奇佛的事意见不一致了。但方丈根本没有给我们任何提问的机会。在有人为我们泡茶之际，他介绍起了这个禅院的历史。然后，他说带我们出门转转。一般情况下，方丈总是很忙的，不可能亲自领客人参观禅院，所以我们备感荣幸。

一诚在一处靠近牛棚的地方开始建设虚云的新纪念馆，因为他生命的最后时光就是在那里度过的。当这个伟大的禅宗大师在1953年冬天来到这里时，他已经一百一十四岁了。而那时这里是一片废墟，唯一有房顶的建筑就是牛棚，所以这里就成了他居住的地方。但是因为他的名气，不久就有几百个和尚奔他而来。在三年的时间内，他们想方设法重建了很多禅院里的建筑。然而，虚云仍旧住在这个牛棚里，直到他 1959 年去世。

　　靠近牛棚的纪念馆包括了一尊这位大师的铜像。长长的白色寿眉和白色的胡子，让这尊塑像栩栩如生。里面还有陈列了虚云个人用品的展览，包括他满是补丁的袍子和一双布鞋。一看到这件袍子，我就想起我在中国其他地方看到的住得舒舒服服的和尚。我觉得很尴尬。比起像虚老（或者老虚，他们都这样叫他）这样的和尚，他们在追随佛的道路上做出的贡献是那样表浅。

　　我们对虚云大师表示了我们的尊敬后，一诚方丈领我们来到位于禅院南翼尚未完工的禅房。这里让我们惊讶万分。整个建筑全是用的木头，但没用任何钉子，完全是榫卯结构。实际上，即使它是水泥造的，我们也会感到惊讶。过去我们所参观的几乎所有佛教寺院都是致力于净土宗修行的，修行者要念诵阿弥陀佛的名字。他们的诵经通常都是在佛殿里举行的。在净土宗的寺庙里禅房没有太大的意义。但是真如寺是一座禅宗的寺庙，而禅宗修炼的核心场所就是禅房。因此，禅房是一座禅院里最重要的建筑。真如寺的新禅院给我们留下了深刻的印象。

　　然而，我们很好奇，新禅房处于建设期，尚未完工，这个寺里的僧人这期间在哪里修炼呢？我们问一诚这个问题，他笑了，然后领着我们到了禅院的北翼。在一个长廊的尽头，他掀起了一块挂在门口的沉重的帘子，招呼我们跟他进去。等到我们的眼睛适应了里面的黑暗后，我们意识到他领我们来到了老禅房。禅房里面，四面都摆放着木头的平台，有一百多个和尚正坐在平台的垫子上打坐。

　　于是一诚环绕着禅房走，还打手势让我们跟上。这一定是一个奇特的场面：寺庙的方丈后面跟着三个戴着墨镜的大胡子外国人。当我们经过和尚们面前时，他们神情惊愕，眼珠子都快掉下来了。方丈领着我们走到老禅房外面后忍俊不禁，我们也哈哈大笑。突然间，我们意识到已经不需要打听奇佛的身份了。我们已经见到他了，亲眼看到了他的奇特行为。

　　参观了纪念馆，又吓了禅房里的和尚们一跳后，一诚方丈出了寺

虛雲紀念堂

受盡九磨十難了知世事無常

生閱五帝四朝不覺滄桑數度

一诚方丈和作者

庙的前门，沿着一条远远绕开两个池塘的小道往前走。小路的尽头就是寺院的墓地，里面有十来座小舍利塔。方丈指着其中的一座告诉我们，就是这座舍利塔的主人建立了真如寺禅院。他的名字叫道容，于一千二百年前的唐朝时期来到这里。那以后的几个世纪，这座寺院变成了中国禅宗修行的主要道场，最多的时候有一千五百个和尚同时在这里修行。它一直保持着这样的中心地位，一直到"二战"中日本人毁掉寺院。

道容的舍利塔靠近一条注入池塘的小溪。一诚指着溪边的一个块鹅卵石说，九百年前，苏东坡经常坐在这块石头上面同方丈论禅。随后，一诚方丈因还有事要忙乎，撇下我们独自去了。我们没有随他一起返回寺院，而是坐了下来，听着草丛里的蛐蛐叫声，享受下午的美好时光。史蒂芬掏出了他随身携带的大麻。对他来说，这似乎是一个理想的时间和地方，借机抽上两口。对我们来说也一样。当然，这是个美丽的日子。

就在太阳快要下山的时候，我们的沉思突然被三个从小路过来的姑娘给打断了。她们停住脚步，问我们在这里做什么。我们告诉她们我们到这里是为了祭奠这个寺院里以前的一个方丈。然后我们反问她们到这里干什么。她们说是刚爬了附近的山下来。她们还说自己是"文革"期间在寺院长大的，那时候和尚都被赶了出去，这里变成了人民公社的农耕地。她们刚游览回来，如果我们想去吃晚饭，可以随她们一道去。这个提议正中我们下怀。来到过去的人民公社的街上，我们在一家餐馆享用了一顿简单的素餐，然后回到禅院准备休息。

但是我们没有马上就寝，而是坐在床上，伴着微弱的烛光（这里没有电）写我们的旅行笔记。突然外面传来敲门声。一个年轻的和尚走了进来，向我们介绍了他自己后，花了两个小时向我们介绍了我们想知道的一切关于海德格尔①和维特根斯坦②的哲学思想的方方面面。

---

① 德国哲学家，存在主义哲学创始人。——译者注
② 英籍奥地利人，日常语言哲学的主要代表人物。——译者注

在一座古老的中国禅宗寺庙里听到关于欧洲现代哲学的论述，其奇特性不亚于同奇佛见面。总之，这是完美的一天。

我们又一次睡过了早餐时间。这已经成了我们的习惯。我不知道我们是否需要额外的睡眠。我们没有磨蹭得太久，但是提醒自己，我们是得到好运关照的。这成了我们面对困难时的思维方式。事实上，我们觉得自己远比一个百万富翁要幸运。我们忧虑的是，该怎样才能下山呢？但这并非一个真正的忧虑，下山都是下坡路，而我们有一双神行太保的脚。

我们收拾好行李后，去跟一诚方丈道别，感谢他允许我们在这里借宿了一夜。昨天，他带我们到寺院的墓地时，他曾指着其中的一座舍利塔告诉我们，当他自己还是个年轻的徒弟时，就是这个人帮助他懂得了禅宗。这个故去的和尚名叫性福，他在虚云圆寂后接任了寺里的方丈，后来死于一次交通事故。一诚就是在那以后成为方丈，并给自己起了个绰号"奇佛"，因为他善于用稀奇古怪的方法来启迪他的徒弟领悟佛法。我们在多年前就听说了他，一直以为他是一个狂放不羁的人，却原来像老奶奶那样对人亲切和蔼。

他告诉我们，如果我们能再待一天，就可以乘寺里的客车下山。因为寺里的客车每周有一两次要到江西省省会南昌去拉香客到这里来。南昌也是我们要去的地方，但是我们决定不再延误一天等客车了。当我们正在与方丈说话的时候，客堂的管事人一直拎着史蒂芬的背包等着，那里面装满了摄影器材，是我们三个背包中最沉的一个。然后，他带着我们走出禅院，踏上一条通往山脚的小路。我们只能在后边跟随着他。

往山下走的小路经过了我们昨天上山时路过的"旅店"，于是便问客堂管事谁会住在这里。他回答说每当寺院有大的活动仪式举行时，就会使用这里。就在我们上来的前一周，寺里还举行了一场有一千六百人参加的盛大典礼。他们不会全都留宿山上，会有几百人住在这里。这个旅店看起来有五六十个房间，这意味着每个房间得有五六张床。我们很庆幸没有住在这里。这里看起来太荒凉。

走了两公里后，客堂负责人终于停下了脚步，并把背包卸下来交还给史蒂芬。他已经尽了最大的努力送我们这一截路，满头的汗珠子直往下淌，但他又结了善缘。他指着山的一侧穿过一片森林的石头小路告诉我们，沿着那条小路走会省下我们一两个小时。我们向他鞠躬并感谢了他，然后继续下山。

他是对的。如果我们顺着上山的路原路返回，可能会花去三个小时，但是沿着小路仅仅要一个小时。当路终于变平，我们来到了山脚下。小路带我们经过了一座小庙，这是一处尼姑庵。住持看见我们，向我们挥手示意随她进去，并坚持让我们吃了午饭再走。我们在山上的禅院里错过了早餐，当然很高兴她施以恩惠。此时刚早上 10 点多钟，但是住持和其他尼姑们为我们做了顿早午饭。菜食有刚采摘的鲜笋和自己做的豆腐。饭后，我们向她们道了谢，然后沿着尼姑庵门前的小路经过省农业学院，走到了公路上。路神又一次向我们微笑，等了不到一分钟，我们就坐上了一辆开往南昌的长途客车。这辆车和我们以前坐过的都不一样，取代硬木头座椅的是独立的软座椅。好豪华！

接下来的两个小时，车窗外面风景如画：丘陵的梯田上种满了稻谷和茶树，让人一点也不感到枯燥。要不是司机停车让一个老年妇女和她的孩子上车的话，我们的旅行本该是很有趣的。很显然，这个妇女以前没有乘坐过这样高等级的客车，当她听到售票员告诉她车费是多少时，她用了一个多小时来同售票员争吵。她熟练使用的词语让我们的中文词汇表一下子增加了不少新词儿。不过最终，她消了气，付了车费，而车也到了南昌。我们在市中心下了车，步行到了两家最近的宾馆。第一家是五星级的江西宾馆，但是房价是二百八十元。旁边的那家是江西饭店，只收七十五元。这次没人要看我前臂的疤了。

拂晓时分的真如寺

# 第九章

## 南　昌

在江西饭店醒来和在真如寺客房里醒来大不相同。没有群山的包围，没有稻谷和莲荷的清香，没有寺院的宁静，取而代之的是水泥建筑的包围和城市的喧嚣。醒醒神吧，我们这是在江西省的省会，南昌！这是我们旅行路上的第四个省会城市：广州、长沙、武汉，现在是南昌。

我们的酒店位于八一路，离八一广场只有一两个街区。1927 年 8 月 1 日是一个特殊的日子，在这天，中国共产党领导了反抗国民党政府的武装起义。在这前一年，蒋介石的北伐得到了所有的革命力量包括共产党领导的力量的支持，成功地从各地军阀手里夺得了政权。当蒋介石在下一年的春天夺取了上海后，中国共产党与国民政府决裂，蒋介石决定踢出未来任何对它的权力构成竞争的力量，屠杀了上千的共产党员和他们的支持者。周恩来和其他的共产党领导人设法逃出，并于 8 月 1 日在南昌发动了他们的反击。他们花了二十二年的时间，最终在 1949 年把蒋介石和他的国民党踢到了台湾，建立了中华人民共和国。

从我们住的酒店穿过大街，就是革命烈士纪念馆。早餐后，我们在纪念馆里苦思冥想，但还是对那些人的名字不大熟悉，而那里又没有任何英语的解说。我们对中国历史的这个时期一无所知。美国也有"文化革命"，那被叫作麦卡锡时代。当人们被怀疑同情共产主义，他们就会被从工作岗位上炒掉，甚至投入监狱。我能回想起在学校时候的一张地图，上面的中国和俄罗斯都是红色的。我们的老师告诉我们，共产主义想要统治全世界，而这件事是非常糟糕的。事实上，他们现在还在这样讲共产主义，说私有财产是好事，共同享有财产是坏事。所以很自然，我们一点不了解中国正在发生什么。

在几个街区外，我们还参观了南昌起义纪念馆。它就是当年起义指挥部用过的那座楼。但是当年起义者没在这里待多久，三天后，他们就被政府的力量赶出了南昌城。这里陈列的所有东西仍然只有中文

南昌八一纪念碑

解说，而这个时期的中国历史对我们而言就像是中世纪的历史，我们几乎一无所知。我们快快地走出纪念馆，沿着同一条路走，来到了它的尽头——赣江的河岸上。

朝北走几个街区就是塔式建筑滕王阁，古代中国三大最著名塔楼之一。我们已经参观了其他两个。滕王李元婴在公元 653 年建立了这个塔楼（所以，它的名字就叫滕王阁），现存的这座建筑是四百多年前重新修建的。历史上，它被毁坏和重建了多次。在废墟中度过了它的上一个百年，一直到 1989 年从石块中又一次矗立起来。像武汉的黄鹤楼一样，它也是用水泥材料重建的。否则，为这样一个五十七米高的纪念建筑，还不得把好大一片森林都伐了。

仰望塔楼，我们在思索要不要顺着楼梯登上去。我们已经有过爬上黄鹤楼后映入眼帘的却是满城烟囱的经历，所以最后决定，一次难忘的不愉快的情景已经足够了。而且，我们也不是真正的旅游者。我们走出滕王阁，又往前走了几条街，然后驻足向人打听能否从港口客运站乘船离开。

如同在湘江的船上看到湖南的风景，在赣江的船上我们也可以饱览江西的秀色。它宽阔的江流通过南昌后，就注入了鄱阳湖，然后汇入长江。如果那里有条离开南昌进入另一条河流的船，就可以把我们带到下一个目的地——中国的瓷都景德镇。我们在售票窗口浏览了离港的行程表，按照上面写着的，我们非常确定，有条船会在次日离开。多少个世纪以来，大量的景德镇瓷器都是通过船经由鄱阳湖进入长江，然后运往中国其他地区的。不幸的是，江西此前正处于三年干旱期间，而现在已经是暮秋了，赣江水枯，无法行船。卖票的妇女对我们说明年夏天再来吧。愿老天保佑这里下雨！

既然从水上走出了问题，我们就拦下了一辆出租车，直奔火车站，买上了晚上 11 点开往景德镇的火车票。余下些时间需要打发，但是这里只有一处地方我们不愿意遗漏。江西在中国不算富裕的省区，但是她的儿女中出了许多杰出的艺术家、作家和其他方面的知识分子。其中我们最感兴趣的一个是朱耷（1626—1705）。他以他的绰号"八大山人"而闻名。朱耷出生于南昌一个皇族旁系家庭。实际上，他是宁王朱权的后裔。宁王生前一直认为他才是明王朝皇帝的合法继承人，最后死于妄想导致的行动中。

当朱耷二十多岁时，中国大地上清军横行。明朝政权覆亡，清朝政权开始了。然而朱耷拒绝为新的统治者服务，并变成了一个佛家弟子。但是，他既不热衷于打坐冥思，也对诵经念佛不感兴趣，而是把自己的身心都投入到绘画、书法和印章雕刻中。他的和尚身份只是个掩护。所以，他没有放弃自己的财富，而是在南昌南郊建起了自己的家。事实上，他选的这处地方是两千年前的一所道观的遗址。道家观察到天体运动会影响人体运动，所以把这处道观叫作"天宁观"，而朱耷把自己的家命名为"青云圃"。

从火车站出发，一辆慢腾腾的公交车载着我们开上去往青云圃的路，不过我们有的是时间。十公里后我们在青云圃路下车。纪念馆很容易发现，它长长的粉墙被一个池塘围绕着，看起来像一个岛。事实上，它就是一个岛。当跨过桥，从前门进入，我们不禁感叹，多精致美丽的一座建筑呀，却存在于如此丑陋的城市一角。

八大山人生前就居住在这里，现在他的故居成了纪念馆。纪念馆由一组大厅、院子和回廊组成，主要建筑位于后部。这个纪念馆馆舍和我们参观过的那些纪念馆大致相同。但是让我吃惊的是这里真的有几十张朱耷的画——这比齐白石纪念馆（筹备）强。据说这些画是来自于他的一个看门人。馆里还有一个商店售卖模仿八大山人的画，逼真得让人吃惊。其中一幅画的是荷花翠鸟，只要一百元人民币。芬买了一幅。我则买了一本八大山人的诗集。

这些诗是从他题在画上的文字中收集来的。以诗题画是中国画独一无二的艺术特点，这跟西方艺术人不一样。西方人喜欢简单，画就是画，但是中国画比西方绘画作品有更多的个人风格。中国画经常被作为礼物赠送。我随意翻开诗集，读到其中一首《题荷花翠鸟》：

侧闻双翠鸟，归飞翼已长。

日日云无心，那得莲花上。

八大山人

很少有中国画家画得像八大山人一样洒脱、风趣。任何人第一次看到他的作品都不禁会着迷。然而，青云圃中最美丽的部分不是纪念馆里的画或商店里的画集，而是它的墙。我们没有在任何其他地方看到过这样的墙。波状起伏的围墙穿过园子的东部沿着带顶的走廊延伸，大约有四十米长。墙上还十二个不同形状的窗户，透过窗户看出去，可以看到环绕着纪念馆的池塘和稻田。墙的两侧，几十幅八大山人的绘画和诗作被刻在两排石头上。在这里观赏他的作品真是绝妙，可比翻画集有趣多了。

就这样，我们在八大山人的旧居里盘桓了整整一个下午，舍不得离去。但除了形单影只的几个人外，我们是那里唯一的参观者。那里还有个茶馆。我们参观得差不多后，就进去坐下，点了一壶铁观音。这个环境是补上我们笔记的绝佳之地。我们的记忆不算差，但是每天看到的东西太多了，必须记下才行。第一壶茶喝到寡淡无味后，我们又点了第二壶。今天我们不着急，火车几乎要到半夜才开。我们怡然地坐在那里消磨着时间，直到看门人来告诉我们到闭园的时间了。

在出园的路上，我们在八大山人的墓前驻足鞠躬。他的墓位于园里的一个角落，两株四百多年的樟脑树立于墓的两侧。据说这是当年八大山人拒绝听命于清政府，搬到这里后亲手种下的。

如果我们有点雄心的话，本还该去瞻仰一个伟大的中国作家的墓。他的名字叫汤显祖（1550—1616）。中国人喜欢把他称作他们的莎士比亚。这个叫法并非谬赞。论起戏剧，他是最好的。他于17世纪写就的小说《牡丹亭》，至今被认为是中国文学中最伟大的作品之一。他一生大部分的时间是在他的家乡临川度过的，死后也埋在那里。但那里位于南昌东南方向一百多公里，对我们来说太遥远了。

我们回到了主路，搭上一辆公交车回到了所住的酒店。早上离开酒店的时候我们已经把行李寄放在门房了。由于没吃午饭，所以我们早就饿了。还有些时间，我们穿过酒店门前的街道，在对面人行道上的小摊点了些东西吃。此时已是夕阳西下。

在这样的小摊上吃饭有一个麻烦是那里通常没有菜单。但在这样

八大山人之墓

的地方吃东西我们的感觉一直不错，所以没有问价就点了餐食。我在中国很多地方这么做都没问题，但是这次我错了。一个妓女坐到我们的桌前，和我们一起喝起啤酒来。饭后一结账，报出来的价比我们通常知道的高出一倍！我们应该怪自己点东西的时候没有问价，但也不打算就这样被宰。我们拒绝付账，然后起身准备离开，并告诉摊主她可以叫警察，待警察来后到对面的酒吧来找我们。我们当然是被欺骗了。我们当然也有错，点餐没有问价。但是我们还有好几个小时，不怕麻烦，不妨通过这样的方式和她谈判。这是我们的经历中很独特的一个局面，但是这个过程没有持续得如我们想象中的那样长。摊主迅速地改了口，只收刚才报价的一半。我们甚至是在友好的言辞中道别，答应下次来南昌还光顾她的摊档。

但是我们说要到街对面的酒吧去并非骗人。旅行了这么久，我们带的威士忌已经一滴不剩了。因此，与其回到我们住的三星级酒店去，不如到五星级的江西宾馆的酒吧去买杯威士忌喝。我们感觉自己像个有钱人似的，甚至还喝了第二杯。然后，回到我们住的酒店，取了背包，去往火车站。因为买的是软卧车票，有资格待在 VIP 候车室，我们在那里待到快车到来才离开。火车载着我们穿过了夜晚，第二天早上 6 点把我们带到了景德镇。天那么早，做不了任何事，而我们还睡眼蒙胧的。于是又放任自己一次，住进了景德镇宾馆。那里价格是难以置信的两百元人民币，相当于四十美元，是江西酒店的三倍！不过，我们也顾不得那么多了，觉得应当对自己好点。来到房间，我们躺下睡了个回笼觉。事实上，整个上午我们都在睡。旅行是多辛苦的一件事呀！

刻在石头上的八大山人的画和诗

# 第十章

## 瓷器、墨锭和砚台

接近中午了我们才醒，该是吃午饭的时间了。我们是在景德镇，这里即使不说是世界的，也是中国的瓷都。但我们只有半天的时间。吃饭前，我们要求前台的服务员为我们找一个导游。他引导我们找到了同在宾馆里的旅行社。五分钟后，我们不仅有了个导游，而且还有了辆车。这个组合不便宜，半天时间一百五十元人民币。但是上午小睡后，我们感觉慵懒，不愿再费心劳神。于是，带上必要的东西，我们开始了半天的轻松之旅。

　　在美国，瓷器叫"china"，是很特殊的物件。如果人们家里有瓷器，他们会把它珍藏在橱柜里，只有在一些特殊的场合才会拿出来使用。很明显，它之所以叫"china"，是因为它来自于"China"。而如果它来自于中国，那么它多半是来自于景德镇。从公元 3 世纪开始，景德镇的窑炉就开始生产瓷器了。然而，它当时没有被看太重。铜或玉制的餐具才为达官贵人所炫耀。事实上，当刚开始出现的时候，瓷器被叫作"仿玉"。

　　但是，瓷器可以有各种色彩和外形设计，比起铜和玉的餐具更容易生产，所以到了公元 7 世纪，瓷器开始出现在宫廷里。到 11 世纪宋代的时候，皇帝钦点了景德镇的瓷器，说除了那里生产的瓷器，别的什么瓷器他都不用。这个皇帝统治时期的年号叫景德，所以他宫中所有瓷器的底部都印有"景德"两个字。于是，这座生产瓷器的城市的名字也变成了"景德镇"，而此前它最早的名字叫新平，在改为景德镇前叫昌南。

　　一吃完午饭，我们立即奔赴景德镇最有名的宋代窑址参观。这处窑址叫"湖田"，位于市区东部四公里处。那里就是无处不在的、闻名于西方的青花瓷最早的生产场所。伊斯坦布尔的博物馆里就收藏着可以追溯到 13 世纪的湖田青花瓷。那是成吉思汗和他的继承人统治亚洲（包括中国和土耳其）的时期。蒙古人尤其喜欢景德镇的青花瓷。在那以前，湖田窑以它乳白色和浅蓝色的釉料而著名。但是顾客是上帝。顾客永远是对的，尤其当顾客是成吉思汗的时候。

这处窑炉当然已经不再生产了。但是我们想要参观窑址。最近一些年，历史学家从废窑中发掘出不少很不错的碎片，摆满了一座小型博物馆。我们想也许他们会遗漏点什么呢。所以，当车停在路边后，我们就大步走向窑址。扒拉了几下废墟，当我们弯腰想捡点什么的时候，导游制止了我们。她说哪怕捡走一小片瓷器碎片都是违法的。这里是一座受保护的窑址。

窑址除了瓷器碎片外，没有其他任何东西可看，而碎片又不让摸。我们退了出来，走到街对面的博物馆参观。除了从湖田窑址发掘出来的瓷碗、瓷杯和瓷花瓶外，陈列品中还包括那个时期湖田搬运工使用过的工具。展览还包括了湖田不同种类的窑炉的模型。它们的名字暗示了它们的形状：葫芦窑、马蹄窑、龙窑。龙窑尤其有趣，它是一个长形的砖砌的窑，建在一个丘陵边的斜坡上。导游告诉我们，景德镇地区还有几口龙窑，但是不经常使用，因为它要耗费很多木柴。我们听起来有点滑稽：喷火的龙还要吃火？！[①]

在看了该看的内容后，我们的导游带我们去了别的窑址。接近17世纪末期，这个城市的窑炉迁移到了景德镇以西靠近珠山的地方。于是围绕着珠山的这片窑区就成了城市瓷器生产的中心。导游说，由于烧制瓷器需要夜以继日，这给景德镇带来一个绰号："雷鸣闪电之都"。因为烧窑时会蹿起火焰，而且燃烧时会发出很大的声响。

近年来，瓷器的生产又从珠山转移了。现在，这个市有三百家瓷器工厂分布在全市各地和市区。我们参观的位于珠山的窑和车间现在成了现代瓷器的博物馆，而不再是生产的中心。在我们经过那些区域时，在那里工作的搬运工领我们看了明代时期的全部生产过程。在全市其他的窑炉都改烧油、天然气或电时，珠山明代风格的窑炉仍然在用生长在当地的冷杉作为燃料。而砍伐下来的木柴至少要晾晒一年才

---

[①] 在西方文化中，龙是会喷火的动物。——译者注

技工在揉泥

窑炉烟囱

烧窑用的木材

能使用。

我们得到了机会亲手做一个壶。但是我们笨手笨脚的，做出来的壶模甚至都不圆，但是感觉用手在黏土上造型非常好玩。正是因为特殊的黏土，让景德镇成了景德镇。黏土最初的发现是在这个城市西南四十公里的高岭，然后这种黏土也被用高岭命名。当它第一次被介绍到西方，西方人把它的名字拼写为"kaolin"，于是从那时开始人们叫它高岭土。当导游告诉我们景德镇有三百家陶瓷工厂，每年生产三亿件瓷器时，我们问她高岭土还够使用到什么时候。真的，我们担心，它早晚会被挖光的。但她说不用担心。按照目前的生产规模，景德镇的高岭土还能持续采用三百四十年。我们想，高岭一定是一座不小的山。

我们的导游还主动提出带我们去参观一家瓷器厂。她说我们甚至可以亲手把画描在选定的花瓶或碗上，再为它们上釉。而工厂会把它们烧制出来，寄到美国我们各自的家里。但是我们对此兴趣不大，而是想参观一家国营商店。我们想往家里带点高质量的东西，而不是我们亲手做的低质量的东西。不幸的是，至今我都还没有收到我花两百元人民币购买的一个青花瓷饭碗，那是我从珠山路27号的国营景德镇工艺品商店买的。提醒购买者当心。

那就是我们一下午的参观内容。到了该返回的时候了。我们的下一个目标是向东两百公里、临近安徽的地方。但是等我们赶到火车站时，已经没有坐票了，硬卧和软卧也都没有。我们可不愿意在车厢里站上两百公里，我们只需要一个座位。替代方案是乘长途汽车，那样至少还有座位。但是我们也不甘心去忍受司机愤怒时的气喇叭。在中国的旅行中我们学到了一条规则：如果那里有道前门，那里也一定有道"后门"。我们走出售票厅，告诉我们的导游买不到票。她立即带着我们的钱走了进去。几分钟后，她不仅给我们带来了车票，而且还是软卧车票！

然而这车票却是第二天一大早的，也就是我们从南昌来的时候乘的那趟车的。于是，前一天早上，我们睡眼蒙眬地下了车，后一天早

技工在碗上加图案

上，我们半睡半醒地上了车。但至少我们不必清醒地待着。我们有床位。一上车，我们就往床上一躺，接着就睡着了。每次火车旅行，总有那么一会儿我们会盯着窗户往外看。当列车迂回曲折地行进在山间时，我们看到被砍伐光了树木的山上，分布着一片又一片的茶园。种别的树不合算，似乎人人都在种茶树。

从景德镇出发八个小时后，我们在歙县下了车。这里是属于安徽省的范围。没有多少列车在歙县停靠，没有多少旅游者在这里下车。到安徽这个区域的人通常都是为了去黄山观光的。但是我们比他们有更多的时间，在去黄山前至少还有一天。在过去的岁月中，歙县曾经是被叫作徽州的地区行政中心。徽州出产中国文化人的文房四宝中的两宝，第一个是墨。

根据传说，歙县在两千八百年前就有了墨。周朝的时候，有一个歙县人用木炭和糯米做成了一个墨球，然后他用手握着墨球在一块石头上研磨出了墨水。那以后，墨生产的主要改良过程也都发生在歙县，包括李廷珪的炭笔和油烟水笔。到了唐代后期，李廷珪的墨水笔比黄金还值钱，他的最后一位接班人是胡开文。而胡开文的后人在歙县开的工厂至今还在运营。虽然现在它不再是家族企业而是一个国有企业了，但是胡开文企业的名气没有消退，来自世界范围内书法爱好者的订单仍在源源不断地到来。于是，我们到达歙县后的第一件事，就是租一辆车直奔那里。

在中国，要参观一个工厂需要通过官方渠道的安排，但是我们没有时间这样做，而是想直接去闯一闯。我们告诉看门的警卫我们是诗人，想看看墨生产的过程。这听起来一定很冒傻气，但是我们只能这么说啦。但是显然，我们是第一个尝试这种直接方法的人。警卫没有轰我们走，而是让我们到行政管理办公室去。几分钟后，我们和一位主任联系上了。他向我们解释说，歙县墨的秘密是这个地区的薄雾。哦？那听起来太可怕了！但是他说，薄雾有益于生长出优质的松树，优质的松树有益于产出上等的木材，上等的木材有益于烧出优质的木炭，优质的木炭有益于转化为优质的烟灰，优质的烟灰才能生产出优质的墨产品。

然后，他领着我们来到车间，让我们参观来自松木炭或桐油的烟灰是怎样从一个吊在炭火上的巨大而弯曲的金属盖底部收集到的。然后，烟灰混合了兽皮熬制的胶和其他成分，例如让墨有光泽的地珠，让墨有香味的麝香油滴。因为一部分配料涉及工业秘密，他只能讲到这里。然后就像面包制造一样，墨团被揉捏和称重。当浓稠度适当后，墨团被置于木质的模子里。模子让墨团有个独特的外形，通常是长方形的块状。在模子里成型几个小时后，墨锭被取出，此时它还是柔软的，还需要放在室内风干。主任说，如果墨锭被放在室外晒或风吹，它就会爆裂。最后，他领着我们走进了最后一道工序的车间。这个车间里有数百姑娘正在忙着给墨锭上的图案涂上金箔，这些设计图案是墨团在模子里就已经有了的。在离开工厂前，我们自然在工厂的商店里买上了些足以让我们那些爱好书法的朋友们高兴好几年的墨锭。

我们谢谢了主任领我们在这个最著名的制墨厂参观，然后坐上出租车前往一家最著名的砚台工厂。从县城的西郊，我们往回开，穿过歙县的老城区，然后，跨过新安江的支流，来到位于歙县新城区的砚台工厂。我们没指望还那么顺利，因为时间已经不早了。但是又一次门卫给了我们方便，叫来了办公室主任。虽然这个主任正有事忙着，但他人很好，一个检查员带我们到车间看看。于是几分钟后，我们又开始了另一场参观。

尽管歙县砚台工厂和胡开文制墨厂同样闻名，但这里没有像墨的生产制作那样有秘密存在。但不久我们就发现，这里砚台的品质是不一样的。选来做砚台的材料是板岩。检查员说板岩光滑，质地密致，研磨墨时不费劲，而且可以防止墨水被吸进石料里去。她说，之所以砚台生产集中在歙县，是由于这里的石料和工匠。最好的石头，她说，来自于龙尾山。尽管这座山在此处西南方向一百公里处，但那里一直属于歙县的管辖范围。此外，由于历史上歙县曾经是地区行政中心，所以吸引了一大批身怀技艺的工匠来到这里。歙县的砚台不仅石料有名，雕刻也非常出色。

技工在墨锭上涂金箔

在向我们讲解了歙县的砚台历史后，检查员领我们走进了车间。这家工厂不生产我们常见的普通砚台。它的年产量只有区区两万方砚台，而工人只有二百个，这意味着每个工人平均每年只能生产一百方。但是没有人能独立完成整个的制作过程。根据检查员的介绍，每一方砚台从一个工人手里到另一个工人那里要经历一系列不同的加工阶段。在最后的雕刻阶段，一方砚台要传送到十个人手里进行雕刻、打磨和抛光等不同工艺处理，使它好上加好。

参观完所有车间后，我们又来到工厂的商店里。检查员告诉我们，这里的砚台造型绝大多数都是工厂设计的，但是任何人如果想要定制特殊的造型也是完全可以的。我没有必要设计自己的砚台，我看中的那方砚台已经很完美了。它被雕成一个荷叶形状，荷叶下还有一只蜗牛。在它的上方，一只青蛙在一个小池塘边凝视着前方。而这个池塘，就是研磨墨水的位置。这方砚台装在同样可爱的一个红木盒子里，盒子上同样雕着莲荷。我已经急不可待地想把它带回家，立即开始在它上面研墨。尽管我的书法太糟，太缺乏想象力，但是我想至少这方砚台会让我感觉自己是个艺术家。

想到书法，我想起了我的书法老师曾经告诉我，除了笔墨纸砚这文房四宝外，还有一样文房之宝。我的老师叫庄严，是台湾著名的书法家之一。他已经从台北故宫博物院助理馆长的位置上退下来，所以有时间带几个书法学生。而我有幸是这几个人之一。

在那些日子里，我必须每六个月去一趟香港续签我的旅游签证。我问他如果我能为他带回一些中国内地的产品，他是否会喜欢墨和毛笔。没想到他要我带的唯一的东西是大曲酒。我问他为什么，他告诉我他工作效率最高的时候是在早上 4 点钟起床后和晚上喝上一两杯白酒醒神后。大曲酒是他的最爱。没有几个人知道他的"文房第五宝"，但是我想如果透露他的秘密，庄严不会介意的。

技工在雕刻砚台

# 第十一章

## 黄山和九华山

夕阳西沉的时候，我们对歙县说再见，然后登上了一辆长途客车。一个小时后，我们就对屯溪说"你好"了。屯溪是进黄山的通道。黄山是中国最壮丽的山峰，也是我们的下一个目的地。但是如果上山的话还要一个小时，而那天上山太晚了。我们住进了长途汽车站附近的一家旅店，然后出门到旧城的街上去找点吃的。

　　除了是黄山的通道外，屯溪还是去往"宋朝"的通道。这个市的政府在老城区重建了一条街道，看起来就像有一千多年的历史。但是这片让人想起宋朝的建筑，商品的雷同性也达到了极致。我们一定走过了上百家老式的店铺，但是却都卖着同样的仿造古董和旅游纪念品。我们没有看到任何让我们感兴趣的东西，更无法与歙县的墨和砚台相比。我们最终还是进了一家叫同德仁的药店。它在这条街上开店已经有两百年了，是它的药香引我们进去的。但是尽管它很有吸引力，我们毕竟没有生病，只是觉得饿了。我们找到一家声称卖宋代饺子的餐馆，真的还不错。我记不住那家餐馆的店名了，但是我们很容易就得到了满足，然后回到旅店睡了。

　　我们之所以早早上床睡觉，是因为我们要赶明天早上的第一班车上黄山，发车的时间是早上 6 点半。我们想早早地开始我们的游览。毕竟，黄山是中国最大的旅游目的地之一，是摄影爱好者和画家最喜欢来的地方。事实上，这个国家三百年前诞生的著名的两大画派黄山派和新安派都集中在这里。他们代表了两个不同的绘画风格，但都分享着同样的灵感资源：黄山。任何人只要看过清代的中国风景画集，大概都会看到这两大画派的作品。尽管他们的笔法和色彩使用有很大差别，但他们都从云雾缭绕的山峰和无处不在的奇松峭壁的黄山风景中受到启发。而那也是我们希望看到的，不过不是从绘画中看到。

　　奇怪的是我们乘坐的客车几乎是空的。原来这不是班车，而是到黄山上去接前一天上山、晚上住在那里的乘客的旅游车。把屯溪抛在了后面，旅游车顺着河边的公路往前开，经过了一栋栋两层楼的农舍。这些农舍的建筑风格保持了数百年未变：一律是粉墙黛瓦马头墙的徽派建筑特点。但看得出河两岸山坡上的大树不久前被砍伐了，种上了茶树。我们的司机证实了我们的怀疑，他说乱砍滥伐导致了洪水，不过到现在为止，洪水还没有影响到屯溪。他还告诉我们，黄山的村民不少去了全国各地，做什么的都有。他说，留在村里的人中，男人待在家里照顾孩子，妇女下田劳动和照管茶园。我们很难相信这个说法，但是没有机会证实它是真的还是假的。

当我们的车逐渐接近山顶的时候，我们就远远地看到了黄山。它看起来就像任何别的山一样：很大，但并不壮观，只是另一座山而已。这就是多少个世纪前人们的看法。因为他们对于山顶的情况一无所知。事实上，直到上个世纪初期，黄山之美除了画家们和爬到了山顶的少数旅游者外，仍无人知晓。蒋介石的国民政府 1927 年在南京建立后，他们修了条路通往半山腰，黄山的壮观才逐渐传开。

我应该再提示一下，这座山并非一直叫黄山，它曾经被叫作"黟山"。黟是黑的意思，我不知道为什么这样叫它，因为它看起来并不黑。是的，它偏灰色，但不黑。不管怎么说，当公元 8 世纪，唐朝皇帝玄宗路过这里时，决定给它改名为黄山，以纪念中国人的人文始祖黄帝。据传，黄帝就是在这里完成了他的求道修炼。但是，玄宗仍然不知道山顶上是什么样的。而我们知道——我们看过照片。

最后，在离开屯溪九十分钟后，我们到达了快接近山顶的一处地方——汤口。在把我们的器材卸在靠近汽车站的一处廉价旅店后，我们乘坐班车到了去往云谷寺的半路上。这座寺庙早已不复存在，只留下一个空名。它的庙名让人浮想联翩：云雾缭绕的山谷中的一座庙。我们到那里的时候刚过早上 8 点，但是我们前面已经聚集了上千人在排队等候缆车。

上到黄山山顶有两个选择：乘缆车或是沿一条小路徒步爬山。这两种方式都是从云谷寺遗址出发。上山的小路有七十五公里，大约要花三个小时。乘缆车只要十分钟，不过，可能要等上一两个小时。我

云海中的黄山

们就等了俩小时。尽管如此，我们觉得也比走上山好，因为这样至少不会在到达山顶前就精疲力竭了。

终于轮到我们了。我们踏进了轿厢。即使轿厢里稍显挤，但这样上山的感觉非常好。十分钟后，我们站到了山顶的东北角下。当走出轿厢时，我们注意到的第一件事是一个提示牌，提醒吸烟只能在指定的区域内才行。这真是一个太好的消息了。几年前，当我和史蒂芬在这个国家爬一座山的时候，那里到处都是垃圾和烟蒂。但这次，我很难看到有垃圾，特别是烟头。如果有哪座山在这方面应该受到尊敬的话，那就是黄山。

每一个到过黄山的人都同意，这是中国最壮观的一座山。但是仅仅站在那里惊叹可不是我们欣赏它的方式。它犹如一幅画着上百成千景观的长长画卷，我们迈开双腿准备缓缓地展开它。离开缆车站，我们循着一条石阶小路走了十分钟（黄山顶上所有的小路都是石阶路），然后拐向旁边的一条通向始信峰的小路来到了这座山峰。这处景观是黄山最为摄影家、画家所欣喜的景观之一。黄山有两个著名的特点：一是它的奇峰，岩石构成的山峰除了苍劲的松树外寸草不生；二是它的云海，奇峰和劲松被罩了起来，只剩下一点峰尖漂浮在云海中。始信峰是两个特点都具备。现在，它们就在那儿等着我们呢。

我们久久地站立在那里，观看云来云往形成的不同风景。这可不是单一的景。这好像是一个舞台经理控制着不断变换的背景。而我们这些演员忘记了台词，只是傻站在那里，张大了嘴巴，在变幻无穷的背景前疯狂拍照。

黄山还是个看日出的好地方，但此时已经过了早上 10 点。我们回到了主路上，继续绕着山北峰前行。行进间，我们好奇地经过了几个宾馆。虽然我们没有在山上过夜的计划，但是我们还是走进了其中的一家并询价。即使是最小、最简单、不能看景的房间也要一百美元一晚上！我们宁愿在更好的地方花我们的钱，所以回到路上继续行走。

走着走着，我们每几分钟就要停下来，因为每几分钟就会出现一处壮丽的景致。同时，每几分钟我们也需要喘口气。我们正身处高地。

黄山始信峰

缆车把我们从九百米高的云谷寺运了上来，现在这里的高度达到了一千七百米。真的很高。我居住的香港的海拔仅仅十米。芬和史蒂芬居住的西雅图也不过海拔一百米。我们不习惯如此稀薄的空气。

所以，我们上气不接下气地从山顶的东北走到了西北角落，最后，在中午时分，到达了一个被称为排云楼的地方。这里是游人欣赏日落的最佳位置。这儿也有一处宾馆。我们在这儿停下来，简单地吃了一顿午饭。不得不简单，因为这里的任何东西都卖得非常贵。这也难怪，山上所有吃的东西都要靠缆车或人工搬运上来。

饭后，我们顺着石阶小路从西峰往南走。行进间，我们经过了一条通往飞来石的小路。似乎每一座中国的大山上都有飞来石。它们好像是被淡忘在那里，承受着风吹雨淋的洗礼。但是飞到黄山这个山峰上的石头是我们所见过的最大的。我们看到一些人靠近这块石头，试图把它推动。他们很气恼，石头纹丝不动。他们也很幸运，如果他们推动了，你能想象他们还能气恼吗？

我们决定离开这里，继续朝气象站走去。在那里，路分成了两条，我们必须做出选择：我们可以走回山峰的那座宾馆，然后走向缆车站，回到云谷寺；还可以继续沿着山顶的西峰走向南面的另一个缆车站。我们做了后一个选择。我们很高兴自己的选择，沿途的景点补偿了腿的酸疼。而游人在这里也变得稀少了起来，以至于我们经常发现自己形单影只。在北峰，这是完全不可能的。一路上，经过了几个小庙改成的旅店，但是我们决定在天黑前回到山下。

我们还看到有条小路通往莲花峰。这是黄山最高的山峰，接近一千九百米高，我们犹豫再三，还是放弃了去那里的念头。这以后没多久，我们到达了迎客松。在中国，我们到处都能看到它的照片，尤其是在酒店的大堂里。它们被挂在那里表明欢迎客人住宿。这是棵在中国非常有名的松树，能看到真正的它挺立在这里，这一路的爬坡上坎都值了。我们坐在一条石凳上，以它作为背景留了影。我们坐在那里待了好一阵子，直到感到身上发凉，不得不穿上了我们的夹克衫。光线慢慢在变暗。幸运的是，没有很远的路要走了。我们必须在一个

黄山上的松树

小时内，在玉屏索道停止工作前赶到，才能顺利下山。

经由玉屏索道下山的一个好处是，索道终点是一个温泉宾馆。我们抗拒不了了。虽然这个宾馆价格也不便宜，但是我们可以以三十元一个人的价格在这里的客房里待一小时，以松弛一下腿部的肌肉。虽然没有消除所有的疼痛，但这是结束一天或者说接近一天的最好方式。洗了个澡后，我们仍然不得不乘摆渡车回到那个肮脏的小旅馆。在干净的黄山上待了一天后，这里显得尤其肮脏。但是一旦睡着了，这也无所谓了。我们没有住在山上，而我们原计划是要在山上待一晚上的。

游览了中国风景如画的山，我们又踏上了旅程，前往中国最有名的圣山之一：九华山。对于一只鸟来说，两座山隔得并不很远。不幸的是，我们不是鸟，不得不乘长途车。从汤口去九华山每天只有一班车，开车时间是早上 7 点半，所以我们住在那里倒是铁定不会误车。客车沿着蜿蜒曲折的山路朝北方开始了它的行程。它穿过了一个长长的峡谷，来到了太平湖水库。等来了渡船，渡过水库，客车用几个小时行驶在乡村地区，六个小时后，我们到了九华山。

九华山这个名字的意思是九花山，它过去的名字叫九子山。是一个有着九个儿子的家庭在这里首先安家后叫开的。一千二百年前的某一天，诗人李白来到这座山上。他和他的几个朋友喝得大醉，并写下了一首诗。在诗中，他赞扬了像九朵花似的山峰，并命名这座山为九华山。实际上，九华山的山峰远远超过了九座，但在古代中国，"九"这个字是虚指，意味着很多。

尽管给了这座山以新名字，但李白到那里的目的并不是人们认为的去进香。在前往九华山的路上时，我翻出了一张地藏菩萨的画像给芬和史蒂芬看。同车的一个乘客看见了也要看，于是突然间车里的每一个人都要看看。我们只好让他们传看了。地藏菩萨许愿要拯救地狱里所有的生灵，九华山就是他的道场。

在几十个受中国佛教徒尊敬的菩萨中间，观音是排在第一位的。而地藏是他之后的第二位。毕竟，或早或迟我们所有人都要受他关照的。事实上，他和观音形成了完美的一对：观音通常变化成一个女性，手持装有生命之水的净瓶；而地藏王把自己装扮成一个和尚，带着一个助手，通常由他撬开地狱的大门。观音帮助那些活着的人，而地藏王帮助那些死去的人。他们真的是绝妙的一对组合。

九华山被认为是地藏菩萨道场的原因，是他在唐朝时期以一个朝鲜和尚的身份第一次在中国九华山现身。那时他的名字不是地藏，而是金乔觉。他立下和后来地藏菩萨一样的宏愿，要拯救地狱里的所有魂灵。还在这个朝鲜和尚生前，人们就开始叫他"地藏"。在他圆寂几个世纪后，九华山被尊为他的神圣居所。

中国的佛教徒尊称包括九华山在内的四座大山分别为他们所尊崇的四个菩萨的道场。菩萨是立愿放弃涅槃以拯救众生者，被公认的有几百位。而这四个菩萨受尊敬的程度高于其他菩萨，他们居住的地方成为中国佛教信众们进香的主要目的地。文殊，有大智慧的菩萨，他的道场在中国北部的五台山；普贤，无量大行菩萨，他的道场是中国西部的峨眉山；观音，大慈大悲的菩萨，他的道场在中国的东海普陀山；地藏，发大愿的菩萨，他的道场就在九华山。

经过六个小时的长途汽车奔波后，我们很高兴来到了这里。史蒂芬和我两年前来过这里，住在山上的一家寺庙里。我们决定看看是否还能住在这里。离开汽车站，我们经过了一长排卖香火和小饰品的商店和以香客为主要顾客的食品摊档。没几分钟，我们来到了旃檀林寺，走了进去，很快找到了方丈。他的名字叫慧深。他认出了我们，欢迎我们再次来到寺里，并亲自带着我们来到寺庙后面靠近小花园的一个房间里。他让我们先自行收拾，便离开了。没过几分钟，他又返回来了。

慧深个子不高，瘦而结实，大概有五十多岁了。我一直没有机会证实这点。他不是那种长话短说的人。坐在整个房间唯一的一把椅子上，靠近我的床边，他用了两个小时对我们讲他准备怎么帮助我们透过这个红尘世界，了解一些东西。史蒂芬和我忍不住告诉他上次我们见了几个隐士，这次我们准备再次访问他们。

但是慧深说隐士没有什么了不起的，大多数都不值得访问。他解

深慧丈方寺林檀旃

释道："如果你想要成佛，你首先必须是一个正常生活的人。只有成为正常的人，你才能成为佛。因为佛不是存在于这个世界之外的。对佛的领悟来自于对痛苦本质的真实了解。但是如果你整天待在大山山洞或茅草棚里，你怎么能够体会人的痛苦？你必须生活在普罗大众的世界里。为什么你们想访问他们呢？"

我们告诉他我们喜欢隐士，喜欢他们的简单生活，喜欢他们的笑容。我们也喜欢听慧深的说教。他坚持教导我们某些道理，说话间还不断地用他的手指触碰我们的身体以确认我们是否真正听懂了。为了确信这点，他还把他说的一些东西写了下来。我现在还有他留下的十几个信封和几张废纸，那上面写满了他的说教。

后来，一个和尚进来把慧深叫走了。原来是一队香客要结算葬礼的服务费用。因为他们的亲人去世了，所以来到九华山请求地藏王菩萨在阴间保佑死者。事实上，葬礼服务几乎是九华山所有寺庙的主要收入来源，绝大多数和尚和尼姑每天都要用部分时间去葬礼上诵经念咒，以帮助减轻失去亲人的人们的痛苦。

尽管慧深不认为隐士值得我们的关注，而且我们的时间很少，我们还是准备再次访问史蒂芬和我上次见过的一个尼姑隐士。我们叫她老虎女士，因为她没有告诉我们她的真名。通往她居住的茅篷的小路是从靠近汽车站的祇园寺开始的。开始是石阶小路，但是当到达环绕着香客中心的山脊时，我们转向了一条土路。几分钟后，土路又接上了石阶小路。路边的指示牌证实了这里就是老虎洞。我们沿着石阶路走到了北边的尽头，随后又下坡转向东边。几分钟后，我们到了。靠近老虎洞的地方是一间粉墙的茅篷，这就是老虎女士的家。她正在她的菜园子里劳动，我们朝她大声叫喊"阿弥陀佛"（无量寿佛的名字）！她站起来看着我们，一脸的惶惑。

她是一个佛教尼姑。过去十年里，她就一直居住在洞旁边。我们第一次访问她的时候，她领我们看了她的地里老虎的脚印。她说，她亲眼看到老虎只有几次，但是几乎每天夜里都能听到它的动静。我们问她是否记得我们，她摆了摆头。她说曾有两个外国人几年前访问过她，但不是我们。我们问他，那个年轻的和尚怎么样了？因为上次我们访问她的时候，她告诉我们有一个年轻的和尚在一个难以到达的悬崖壁龛上修炼，忘我地专注于打坐，没有任何东西可吃。于是，我们留下了一百元人民币，请她给这个和尚买点食品。她回答我们说，这个和尚几个月前去世了。我们问她是否记得就是我们给她钱让她帮助这个和尚的，她说记得有两个外国人交给她钱，但不是我们。

她领着我们走进老虎洞。我们在神龛前敬了香。这个神龛是纪念一千五百年前生活在这里的一个和尚和陪伴他的一只老虎的。然后，她带着我们攀上了洞上面的岩石。她爬上岩石时灵活得就像只猫，并打着手势让我们跟上她。我们艰难地爬了上去，蜷缩在一块巨大的岩石旁边。她告诉我们，这里是观赏整个山景最好的位置。确实是。把眼睛转向临近的峡谷，两条瀑布悬在空中。云海、森林和悬崖峭壁，尽收眼底。在远处，我们能看到香客们爬上通往主峰的小路。那座山峰看起来很远，组成上山小路的石阶一定得有成千上万块之多。光是达到老虎女士的茅篷对我们来说已经足够远了。

我们回到她的茅篷后，她转身去找什么东西给我们看，我们乘机悄悄地放了些钱在一个盘子上。她要给我们看的是一张地藏菩萨的画像。她说这张画像非常珍贵，是一个到此访问的西藏喇嘛送给她的，还开过光。我们齐声诵道："阿弥陀佛。"她为我们泡了茶，还找出了一些糖果。我们喝了茶，但是没吃糖。最后，我们跟她道了别，沿着来时的路回到了香客中心。

是我们给地藏菩萨进香的时候了。走过我们居住的寺庙，踏上一组上山的石阶，几百个台阶后，我们到达了肉身宝殿，这里就是保存朝鲜和尚肉身的地方。他的肉身被置于大殿正中的宝塔内。那里的一个负责的和尚告诉我们，遗骸的保存状态非常好。我们问他是怎么知道的。他回答说，每年第七个月的最后一天，寺里都会把遗体取出来做一次沐浴。我们点着了几支香，随着几十个香客绕着宝塔转以表示我们的敬意。

这里就是九华山的香客小道上主要的一站，也是到九华山来的每一个人的目的地。沿着庙后的小路再走上五六公里，最终能够登上一组长长的、陡峭的石阶路到达另一个山脊的顶部。我们被告知，在晴天里，从山顶上可以看到黄山的东面和长江的西面。如果走不动了，这里有抬滑竿的轿夫很高兴能帮助你。但是我们看到的东西已经足够多了。因此我们回到所住的寺院，再一次与慧深方丈见面。当我们告诉他我们打算第二天一早离开时，他写下了要我们记住的最后一件事："被蒙蔽的心灵就像冰，被教化的心灵就像水。水穿过生命的峡谷，保持了自己的独立。"我们能够应答的只是："阿弥陀佛。"

老虎女士的茅蓬

# 第十二章

## 李 白

我们很舍不得离开旃檀林寺和慧深大师。而他也尽最大的努力开导我们，想让我们比来时更智慧些。但是到了说离开的时候了。当我们从路两边那些以香客和游人为对象的小商店前经过时，看到他们买的都是大慈大悲的观音菩萨的塑像，却没有地藏菩萨的，这让我们感到迷惑不解。九华山是地藏菩萨的道场，为什么反倒没有他的塑像？这里关观音菩萨什么事？他的道场在中国东边的海岛上呢！我们一直思考这个问题，最后得出结论，中国的佛教信徒尤其喜欢有一尊观音像在家里，因为谁会在家里放一尊让人联想起地狱的地藏菩萨的像呢？

　　我们也告别了地藏菩萨，至少我们现在在人间，还有资格告别他。早上 7 点，我们登上了开往南京的长途客车，但我们不会坐那么远。四个小时后，我们在安徽宣城下了车。我们到这里的理由是因为这里的纸。我们已经在歙县参观了中国最著名的墨锭和砚台工厂，而纸是中国文房四宝中的第三宝。这里的宣纸是全中国最闻名的。因为宣纸是以宣城的地名命名的，所以我们以为在这里就能够看到宣纸的生产了。我们想错了。在汽车站向人打听，听说所有的宣纸工厂都靠近泾县，位于宣城市西南五十公里的地方。我们还被告知，他们无论如何也不欢迎参观者。从汽车站到火车站，只需要步行很短的距离。我们走到火车站，买到了朝北开的第一趟车。当我们在站台等车的时候，遇上了一个从泾县来的人。他问我们为什么想去泾县，我们告诉他我们想了解一些宣纸生产的知识。他说自己过去就在那里的一家宣纸厂工作过，并告诉了许多我们想知道的有关他家乡这一著名产品的知识。他说，他的家乡之所以能生产出那么有名的纸张，是因为那里的水！每一家生产宣纸的工厂都靠近一条没有被污染的山溪。在这种水中放入生产纸张的原料如榆树皮、桑树皮以及稻草浸泡。所以环绕着泾县的山坡上常年覆盖着稻草和树皮，但在可以使用前还要用几个月的时间来脱色。每一家工厂和每一种纸张都需要有特殊的材料成分，这其中许多都是保密的。他提到的一种材料成分让我们大吃一惊：猕猴桃汁！

他接着说，包含了那些成分的纸张于两千年前的汉代在泾县第一次生产出来。到了一千多年前的唐朝末期，宣纸成为中国书法家和画家的最爱。从那时起，更多等级和品种的宣纸被开发出来。现在，没有哪个书法和绘画爱好者家里缺得了宣纸。而我们很懊恼地终于知道了，它的生产地不是在宣城，而是在泾县！我们不得不为自己的错误而折腾，刚下汽车，又赶往火车站。

北行的火车终于到站了。又过了俩小时，我们成为在当涂下车的唯一旅客。"当涂"这个名字很好玩儿，意思是陷进了泥里。但这是个晴朗的日子，放眼望去，没有下雨的征兆。向别人打听了方向后，我们离开火车站，跨过一座桥，赶上了开往黄池的汽车。黄池位于这里东南方向三十公里的地方。三十分钟后，在前往黄池的半路上，我们在李白墓下了车。

当中国人排列他们的诗人时，总是把杜甫和李白排在最靠前的位置。我们已经在长沙以北的乡村里访问过野草覆盖的杜甫墓，李白墓的遭遇好多了，大概是因为它靠近南京这个六朝古都的缘故。墓地位于类似公园的环境里，靠近青林山脚下，被一圈长长的粉墙围着。当他在公元762年去世的时候，被葬于龙山西面几公里外的地方。但是一百五十年后，他的遗骸被迁到青林山脚下的此处，遂了他生前的愿望。但我不明白这事为什么会拖这么长的时间。

这个墓园真不小。这里有几个池塘、水道、小桥和陈列馆，当然，还有花园。我们漫步来到位于墓园后部的陈列馆。陈列馆里有李白位于龙山那个墓残留的几块砖，和展板上画着记录他生命最后几年事件的图画。当年他获罪离开长安，浪迹江湖期间，大量饮酒，最后死于长江南岸地区。

李白生活在公元8世纪的唐朝。在那个时代，甚至连农民都能吟唱诗歌。他的诗歌被帝国的民众广为传唱。展览馆的后墙开着，通向一个闭着门的花园，花园围绕着他的坟墓——其情形同杜甫墓一样。我们走进花园，坐在一条石头凳子上，我掏出随身携带的李白诗集，

李白墓

为芬和史蒂芬朗读了其中一首。我们是那里唯一的游客，所以我不担心什么，便用中文大声地朗读起来，读完后，又在那里现场翻译给他俩听。就在我尝试着翻译这首诗的时候，二十多个日本游人陆续走了进来，在李白那长满了草的墓前成排地站立着，就像是军人在列队。我们不明白他们这是要干吗。然后，他们中的一人走近墓碑，点燃了香和蜡烛。他退回队列后，他们开始齐唱李白的一首诗。我们随后知道了他们是日本一个学习唐诗的俱乐部成员。不寻常的是，他们唱李白的诗用的是唐朝人的方言。

香烛还燃着。合唱结束后，带队的男士又开始了他的独唱。他唱的是李白生前的最后一首诗，标题是《临终歌》。在这首诗中，李白把自己描绘成一只神话中的鸟，叫鹏。鹏是庄子在他的书中开头部分提到的，代表获得自由的精神形象。在李白的诗里，他不仅提到中国人相信太阳从一棵巨大的树后面升起，还提到了一个故事——当孔夫子听说一只麒麟被捕获后流下了眼泪[1]：

> 大鹏飞兮振八裔，中天摧兮力不济。
>
> 余风激兮万世，游扶桑兮挂左袂。
>
> 后人得之传此，仲尼亡兮谁为出涕！

当他唱到最后一句时，他的嗓子嘶哑了。然而最奇怪的事情发生了：似乎老天也哭了——下雨了！

他们在李白墓前集体鞠躬然后退出后，我们站到了李白墓前的草地上。我们有啤酒。拧开盖子后，每人喝了一口，然后把剩余的酒全洒在了李白的墓碑前。诗人中最能喝酒的当数李白。他留给后世的作品中，有一半提到酒。下面是他的一首《山中与幽人对酌》：

> 两人对酌山花开，一杯一杯复一杯。
>
> 我醉欲眠卿且去，明朝有意抱琴来。

---

[1] 据说，孔子认为麒麟在不该出现的时候现形，意味着世道将乱，所以痛哭。——译者注

日本游人在李白墓前唱诗

最糟糕的是我们只有啤酒，而且只有一瓶。我们告别了李白，拦下一辆长途汽车回到了当涂。我们在汽车站下了车，又登上一辆朝北开的。二十多公里后，我们在一个叫采石的镇上下了车，步行到同样名字的悬崖上。这就是故事发生的地方。李白死后，关于他死去的情况就是从这里很快传开的。事情经过是这样的：有天晚上，月亮特别圆，李白乘兴在长江上荡舟。然后，他把船停靠在采石矶悬崖下方。如同以往一样，他随身带着一壶酒，于是便开怀畅饮，不久就醉了。凝望着水中反射的月亮，他弯下腰要拥抱它，结果失足落水。有的人说他被淹死了，有的人说他骑在鲸鱼背上去了天堂。实际上，鲸鱼出现的故事版本并不像它听起来那么荒谬——采石矶悬崖南面的水域后来被宣布为长江江豚的保护区。也许，它们没有全部跟着李白去了天堂。

在采石矶悬崖后面的山坡上，我们瞻仰了李白的另一处墓。据说这座墓里埋着的是李白的袍子和帽子，我们也同样鞠躬致敬——也许里面埋有比传说中更多的东西呢。我们还参观了悬崖上方的观月台。观月台后方，有一尊巨大的李白的不锈钢造像，是由雕刻家钱绍武做的。这是对他的诗《临终歌》的一个绝妙的形象演绎：李白看起来像一只展翅欲飞的鸟。事实上，一段由雕刻者注释的铭文说明了他的演绎是受到了李白想象中大鸟的启发。而这只鸟，庄子在其作品一开始这样描述：

> 北冥有鱼，其名为鲲。鲲之大，不知其几千里也；化而为鸟，其名为鹏。鹏之背，不知其几千里也；怒而飞，其翼若垂天之云。是鸟也，海运则将徙于南冥。南冥者，天池也。

这个比喻是恰当的。李白死前，鹏的形象很清晰地存在于他的脑子里。

回到公路上，我们在此处的李白纪念馆门前停住了脚步，朝里一望，东西满满的。门口的一个女孩子说，要等到第一届国际李白研究大会开幕日后，这里才正式接待观众。我们环顾了一下四周，总觉得有点不对头，没有喝酒的人！以李白的名义，我们在纪念馆外的商店

李白拥抱月亮的地方

里买了瓶啤酒，一饮而尽。然后，坐上一趟开往马鞍山的汽车。除了它的钢厂外，马鞍山没有太多东西好看的。此外，这时已经是下午 5 点钟了。我们在靠近火车站的一家餐馆里坐下来吃了碗牛肉面，然后，登上了开往南京的火车。南京是我们此行计划去的最靠北的地方。南京以后，就是一路南下了。

钱绍武李白雕像

作者一行人在李白衣冠冢前合影

# 第十三章

## 南　京

当我们的列车缓缓驶入南京站，正是太阳下山之时。好像太阳总是在我们到达某处时上演这一幕。我们的日程一直安排得满满当当的，第二天也是这样。我们决定把自己住宿的地方安排得超过正常标准，于是住进了南京饭店。在那里，三人间的收费是二百五十元人民币。我们住的是大间，但没有去吃晚饭，因为我们在马鞍山上车前已经吃了牛肉面。在靠近饭店的一家便利店里，我们买了几瓶啤酒、两袋花生。回到房间里，以我们最爱的消遣方式度过夜晚：洗澡，洗衣服，写笔记，过了午夜才躺下。早上 9 点钟，我们勇敢地爬起来，外出观光。

南京是江苏省的省会，但它不仅仅是个省会。在过去的两千多年中，它还是很多朝代的首都，控制的南方的区域相当于半个中国。所以，那里有很多东西可以看。但我们只有一天的时间。我们的计划是从城市的南面开始，然后是北面，在太阳落山前赶回饭店。

我们打了辆车径直前往菊花台。这是个位于城市南面的大型公园，但是我们的兴趣不是公园本身。我们告诉司机在公园的东南角把我们放下来。下车后，我们在公路边沿着一条通向公园的小路往前走，然后转弯再走上旁边的一条小路，按照一个指示牌前往我们的目的地。小路边长满了野草，没有多少游人来到这里。这有点奇怪，似乎说明南京市民忘记了这个地方。不久，小路带我们路过了一排和原物大小一致的动物和官员的石头雕像。这些立在高及膝盖的野草中的石头雕像，构成了中国人所谓的"神道"。沿着神道，我们走到尽头，这里有一座不大的墓。我们走到确信是正确的位置，而不是我们看到有人随意乱站的位置。确信无疑，这座陵墓属于渤泥国王。

第一次读到关于这座陵墓的资料时，我很难相信这是真的。但是真相就在这里。然而，头衔和国家名字即使不是错误的话，也有些误导。如今，我们可以称埋在这里的人为"文莱苏丹"了。但是渤泥国王的称呼也很接近，而且听起来更有异国情调。当然啦，瞻仰这样一个身份的人的陵墓就是我们来这里的原因。

这个国王是怎么来到这里的呢？他是乘坐郑和舰队的船来的。当年，中国皇帝派郑和进行了世界古代历史上最大规模的外交考察活动。郑和率领由三百艘大船和三万个水手及士兵组成的船队，从南京出发，一直到了东非，往返数趟。其中一趟随他一起到达中国的高官显贵之一，就是渤泥国王。但渤泥国王在返回自己的国家前，病逝在了南京。所以他埋葬在这里。于是我们来到这里。找到了这处陵墓，我们没有盘桓太久就离开了。我们的好奇心轻易得到了满足。

我们从原路返回到公路上，拦下了一辆出租车，直奔另一个公园。这个公园叫作雨花台，恰好位于这座城市一座古老的门（即中华门）的南面。实际上，雨花台位于同名公园中间位置的一处小坡上。这一次，我们不是来寻找陵墓，而是寻找一种鹅卵石，而雨花台就是以这种鹅卵石而闻名的。它们来源于一处泉水形成的小溪里。我又开始说故事了：一个和尚一千五百年前来到这里讲经，那时，照他的说法，雨花石是下雨时从天上落到坡上的花朵。它们其实就是玛瑙石，有各种颜色和大小。我们走进去的路上，经过了好几家在公园大门外专卖这种石头的商店。他们还有卖散装的。我在香港的一个朋友曾经买了一百公斤。他把它们带回家，铺在起居室的咖啡桌下，每天把脚踩在上面摩擦做按摩。

我们不想买哪怕一颗雨花石，而只想看到它们存在于原来的溪水里。但是我们对中国现代历史的无知又一次让我们大吃一惊。在我们到达小溪前，我们先走到了烈士纪念馆。在里面，我们的脑子里一团乱麻。我们原来打算看一眼这个展览就继续去看雨花石。我们看到一些照片，然后阅读了内容，在南京成为民国政府首都的二十多年间，近十万的共产党人和革命志士被枪决，而且就在雨花台下！如此野蛮的暴行真是难以理喻，为什么？我们这样问自己，难道人类就要这样对待彼此吗？答案自然是他们迷恋于将权力施加于他人。他们的不安全感和相互不信任，都是出于两个字：错觉。我们走出了纪念馆。不知道未来是否会有人把雨花台的雨花石解释成上天的眼泪。这样听起来更有道理些。

我们往回走出公园，朝着北面过了秦淮河的一条支流形成的古老的护城河，然后经过了中山门壮丽的建筑。那段河流据说是城市最早开始形成的地方，而中山门据说是中国所有城市中最大的城门。但是我们得离开了。我们心里还装着一些别的东西。往中山门朝北几个街区后，我们向左转弯来到一条街道。又一个街区后，我们走进了太平天国历史博物馆。

这个造反建立了太平天国的人叫洪秀全。他读了几本基督教的书以后，产生了一系列的幻觉。在他的幻觉中，他被告知自己是耶稣基督的兄弟。这是 1830 年间的事。依据这种幻觉，洪秀全建立了一个新的宗教，说自己受命于上帝，要使中国摆脱清政府的统治，把太平带给全人类。于是，他的运动就以太平天国冠名。这场运动受到了那些对清政府统治不满的人的拥护，经过二十年的奋斗，太平天国控制了中国南方和东南方向大部分的土地，在 1852 年，在南京建立了自己的首都。洪秀全成了太平天国王朝的皇帝。

这是中国历史上最令人关注的造反运动之一，发生在鸦片战争不久后，比义和团运动早了几十年。如果没有威胁到英国人的鸦片贸易，它大概就成功了。在英国人和其他外国雇佣军的支持下，清王朝最终得以在 1864 年击败太平天国的力量，洪秀全的天国走向了灭亡。

纪念馆就位于原太平天国军队最高指挥官杨秀清的府邸，包括了他的花园和茶室。如果我们在南京能多待些时间，心里是非常愿意多待一会儿的。但是我们只有不超过一天的时间，我们还有很多地方要看。出了纪念馆后，我买了件纪念品。这是颗盖在太平天国所有法令上的天王的印章复制品。印章是由洪秀全亲手设计的。我想也许我会把它送给某个信奉基督教的朋友，告诉他这是来自于耶稣基督的弟弟，看他作何反应。

我们离开纪念馆的时候，一天的时间已经过了一半了，而我们的参观才刚开始。因为时间紧迫，我们又一次叫了车。我们的目的地在往西方向一两公里之外，也就是南京大屠杀纪念馆。我们已经参观了国民党政府枪决十万人的雨花台，而这里以令人难以忘记的细节叙述了最大的暴行。当日本人1937年占领南京后，他们屠杀了三十万中国人，包括妇女和孩子。其中的陈列品包括了日本出版的报纸刊登的一系列文章，当中一篇的内容是两个日本军官比赛看谁用各自的军刀在最短的时间内砍杀一百个中国人。

读了这些恶行，看到由日本士兵所拍的真实照片，我们感到震惊。我们永远难以理解为什么这些人对另一些同为人类的人的痛苦可以麻木不仁。然而，南京大屠杀中的杀人者不是简单的麻木不仁，施害人是在赞扬对他人的谋害！当我们想到20世纪30—40年代死于日本人的屠杀也包括死于自己同胞杀害的中国人，我们不禁感到悲痛：为什么那些不幸的人要居住在那里呀？！或许是因为他们的工作在那里，或许因为那里是首都。

如今，南京是江苏省的省会，但是在历史上，它还是好几个依托江南的王朝政权的首都。其中一个就是太平天国，它试图从清政府手里夺取对整个国家的控制权。而六百多年前的另一个造反运动更为成功，建立的新王朝叫作"明"，它的创建者也选择了南京作为其首都。这是南京最为辉煌的时代。尽管明朝政权没有长久地把它的首都留在南京，但是明朝的创建者洪武皇帝却把他的陵墓留在了这里。这是我们的下一个目的地。

因为没有时间去乘公交车，我们又一次拦下了出租车。我们由西向东穿过了城市，来到了紫金山脚下。"紫金"是一个佛教词汇，其意思是紫色黄金，经常作为一种略带紫色的黄金被提到。在四种黄金中，紫金被认为是最好的，因为它最接近释迦牟尼的皮肤颜色。

从紫金山山脚下，我们沿着一条路走到一半，到了一个很大的停车场。我们让司机等着我们，然后买了门票，踏上通往洪武帝陵墓的长长的水泥路，这是条远比通向渤泥国王陵墓更威严的路。路边的雕像高大，平均足有十英尺高，包括了大象、骆驼和神话中的野兽，还有文官和武将。我们走到陵墓旁，那里有一群鹿正在草地里吃草。当我们绕着坟堆行走时，它们一点也不在乎我们。

明孝陵神道

尽管明朝第一个皇帝葬于南京，但第二个皇帝迁都北京①，随后所有的皇帝都埋在靠近长城的地方。这是紫金山唯一的皇陵。

我们回到出租车前往离山更近些的孙逸仙的陵墓。孙逸仙出生在中国南方靠近广州的地方，名为中山。但是他更喜欢他的字号逸仙，用普通话拼写为Yi-xian，用他的本地广东话方言拼写则为Ya-sen。他的字号的意思是隐居的神仙。我不大明白"逸"这个字的确切含义，但是去世后，他当然也就加入"神仙"的行列了。

尽管孙逸仙于1925年逝世，但生前他就要求死后葬在南京紫金山。他的遗体被运回南京后两年才下葬。陵墓，当然啦，是修给活着的人看的，不是为死者。他的同仁们尊敬他，为他建造的陵墓甚至比洪武皇帝的还宏伟。毕竟，孙逸仙也建立了一个"朝代"，也就是共和国。我们又一次要求司机等着我们，然后买了票进了门。

中山陵给人印象深刻，庄严肃穆。所有建筑物要么是蓝色的，要么是白色的——国民党的颜色。孙逸仙曾是这个党的领袖。整个建筑像是结合了华盛顿纪念碑和林肯纪念堂的特点。被一连串拱门分割的一系列又长又宽的石阶，一直通向阴森森的陵寝大殿。整个地方被茂密的深绿色松树环绕。它显得非常壮观，是每一个来南京的人都会来拜谒的地方。尽管是个工作日，前来谒灵的人仍然排成了长长的队伍。我们也加入了排队的人群，缓缓地经过了孙逸仙的石雕坐像。这尊坐像是法国雕塑家保罗·朗多夫斯基的作品。从坐像往里走，我们进入了陵寝殿的内室，看到了孙逸仙的灵柩。位于北京的毛泽东的遗体是经过化学处理后安放在水晶棺里可供瞻仰的，而孙逸仙的遗体没有示人。然而在石棺的顶部，有大理石雕成的孙中山卧像。

我在台湾期间，曾听说孙逸仙的遗体没有示人的原因是蒋介石1949年逃离大陆时把遗体带走了。但又听到另一种说法，说蒋介石的儿子蒋经国成为总统后，把遗体又送回去了。很自然，这不是台湾人喜欢谈论的话题。还有一种说法，遗体是在我们参观前几个月被送回

---

① 明朝第二个皇帝应为建文帝，说他迁都北京显然不准确。——译者注

中山陵

南京的。① 这个说法来自于我的一个常年陪伴着孙逸仙孙女的朋友。孙逸仙的孙女叫孙穗芬，直到不久前她还代表美国政府的商业利益访问中国。很奇怪的是（也许不那么奇怪），这是她第一次去拜谒她祖父的灵柩。为了避免引起围观，她决定不告知当地政府。就像我们普通人所经历的一样，她也排着队，缓慢地走进陵寝殿，瞻仰了她祖父的灵柩。走出陵寝的队伍移动得非常快，进入陵寝后的十五分钟，我们就回到了外面。

我们回到出租车后，告诉司机我们还有一个地方要去。我们想把最后一个参观的地方放在位于城市西北角的南京长江大桥。于是，我们再一次穿过城市。但是这次当司机把我们放到那里后，我们告诉他不用等我们了。

南京长江大桥是在 1968 年完工的，它被赞扬为社会主义成就的一个象征。它的建成，让很多人感到吃惊，尤其是苏联人。当初是苏联人设计了这座大桥。但是 1960 年两国关系恶化后，苏联工程师把设计图纸带回了国，留给中国人的只是几个水泥沉箱。中国人花了八年时间，最终成功地建造了这座中国最重要的交通通道。这座桥建成前，北京和上海间没有直接的铁路连接。正如它为人所知的一样，南京长江大桥成为毛泽东主义旗帜下的一个进步象征，因为那时正是"文化大革命"期间。

站在桥下巨大的水泥拱门里，我们观看着火车汽车从桥上驶过，轮船从桥下穿过，所有这一切让人印象深刻。后来我们越过桥基下的水泥挡墙，下到土路上，想沿着河边走得离桥更近一点。但是一个水警船上的人要我们回去。我们只好返回到桥基，然后乘电梯来到桥面。我们本想可以走到江对面的浦口去，因为离那里不过一公里远。但是连一半路我们都没走到，就被扑面而来的机动车废气给吓退了。我们不得不放弃了走到浦口的打算，转身回到了城市，回到了我们住的饭店，结束了日程满满的一天。

---

① 据国内公开发表的资料，孙中山遗体用钢筋水泥封固于卧像下的长方形墓室内，从未搬动。——译者注

南京长江大桥

# 第十四章

## 仙人和茶壶

我们原以为可以早早结束这一天，然后开始日程满满的另一天，然而，这只不过是我们的想象。我们伴着晚餐喝酒，回到房间继续喝，一直到半夜时分。毕竟，我们是在度假。每次总有那么一阵儿，我们是这样想这样做的。所以，当我们第二天登上开往下一个目的地的长途客车时，时间已经是中午了。这趟车是开往茅山的，也是我们乘坐过的最怪诞的一趟车。因为两千多年前茅山就已成为道教的一个中心，所以我们原想车里一定满满当当的都是人。但是在我们的全部旅程中，这是第一次也是唯一一次，我们是仅有的三个乘客。我们授予这辆车"幽灵巴士"的称号。

从南京出发后，我们沿着公路朝东面行驶。没错，是东面。这也是开往苏州、杭州甚至上海的公路。离开南京不远，我们经过了几座山，山脚下布满了被拆毁的水泥建筑。随后，"幽灵巴士"进入了一个辽阔的平原。这就是长江三角洲冲积平原。大海离这里不到一百公里。但是我们不会走那么远。开行两小时后，"幽灵巴士"拐下主路，停在一个叫天王镇的地方。然后，它朝北又开了十公里，让我们在茅山山脚下下了车。这不是一座很大的山，但它是周围唯一的一座山，所以这让它显得比实际要高大些。道家把它叫作昆仑山东脉，而昆仑山东起于阿富汗。道教徒们费心吃力地把他们的道观和神龛建在陡坡和山顶上的原因是这里是两千年前茅氏三兄弟来过的地方。

他们是道家大师茅蒙的孙子。茅蒙在华山开创了道家的修炼法和点金术。他被告知会在一个光天化日下，骑在龙背上升天。那是公元前200年的事。随后，他的孙子们继承祖父的修炼方法，千辛万苦地来到茅山。没有人知道为什么他们选中了这里的荒坡和山顶作为新家，并再未离开。毫无疑问，这里的风水适合他们做点什么事。这里毕竟是唯一的一座山。也许在那个时候，这里就是长江围成的一个岛。也许他们走近这里的时候，看到山上远远地闪烁着光，就像是神仙居住

前往茅山的"幽灵巴士"

茅山顶上的道观

的一个小岛。几百年过去了，许多别的道士也先后来到这里修炼长生不老之术，包括陶弘景。当他公元 6 世纪在这座山上修炼时，第一个完成了制定道教教规的工作。陶弘景制定的教规中，给了茅氏三兄弟和他们的继承人的贡献的很突出的地位。那以后，茅山就成了人们朝圣的圣地，这种情况至少延续到了二十多年前。

尽管茅山有辉煌的过去，但朝圣的人流显然在"文革"期间中断了。生意变得如此清淡，两个在山脚下等待着朝圣者的机动三轮车司机都在打瞌睡。我们没有搅扰他们的美梦，而是徒步走上了通往山顶的山路。从山脚下到山顶有五公里，我们不久就意识到，我们高估了自己的实力。因为在山脚下没有地方可以存放背包，所以我们不得不背着它们上山。大约一公里后，我们看见自己左边有一条小路通向一座小庙，我们想也许可以把包寄放在那里，那里准有人可以帮忙。就在这时，一辆卡车路过，我们朝他挥手。司机刹住了车，让我们坐后面车厢里去。几分钟后，我们到了山顶——两千年前茅氏兄弟变成鹤飞向天堂的地方。

茅山只有三百七十二米高，算不上多高的山。但是从山顶看下去，风光诱人。在山上的每个方向往下看，都能看到广阔的平原上镶嵌着无数的稻田和鱼塘。住在这里的道士们一定觉得他们待的地方就是通向天堂的一个台阶。也许他们的想法是对的。这里真是一个修炼的好地方。在过去的两千年中，这里是几千个道士的家园。但是时代变化了。这座山上的几十座庙观和神龛在"文化大革命"中变成了废墟，只残存了一座位于上山一百米处的小庙。道长们的坟就位于那里，大型墓葬区则在我们所站位置的山顶上。

我们从停车场上来，走进了九霄万福宫。那里还存留了好几处神殿厅，我们都一一参观到了。但是大多数建筑仍是一片废墟。在参观过程中，我们碰到一个年轻的道士，他带领我们去见观长。观长的名字叫颜智根，他邀请我们一起喝茶。同他一起喝茶聊天真的很愉快。但我们告别时，他祝福我们事业成功，生活富有。我谢过了他的祝福，但是暗示说成功和富有可不是老子所希望的。他大笑起来。我们走回

茅山九霄万福宫

停车场，开始踏上下山的路。太阳即将落山，我们还不知道今晚究竟能住在哪里。

至少我们不用全程步行下山。走到半道，搭我们上山的那辆卡车发现了我们，又载着我们下了山。司机说，他每天为道观拉一次物资，现在完事该回家了。他家就在山下的一个村子里，但是他把我们送到过了他家一段距离的地方。他说最后一班长途车会经过这里。三十分钟后，我们上了长途车。又一个三十分钟，我们下了车，回到了公路边的天王镇。这条路连接着南京和所有东边的城市，而那是我们下一个目的地的方向。所以，我们感到释然。

然而，此时太阳已经下山，天色正在变暗。每过来一辆长途客车，我们都挥动着手，但是这些车甚至都没有减速就开过去了。最后，我们想了个主意。我们沿着路边走了几百米，走到这里唯一的一个停车指示牌跟前。我们想只要车刹住了，我们就有机会。但是我们开始怀疑这个主意是否有效——几十辆经过的长途客车刹了一下，然后又不管不顾地开走了。终于，在徒劳地挥了一个多小时的手以后，一辆开往杭州的车停住让我们上了车。这辆车装满了从西北来的维吾尔族人，他们是到杭州一家纺织厂打工的。没有任何空座位，我们只好坐在上下车的台阶上。

坐在台阶上很不舒服，但至少我们不必再站在路边等待了。天已经完全黑了。两个小时后，我们在宜兴城边下了车。那就是我们要去的地方。很显然，我们下车的地方也正是别的司机让他们的乘客下车的地方。那里停着好些摩托三轮车，上面坐着等待把乘客送往城里的驾驶员。经过简短的协商，他们中的一个愿意以十元人民币的价格把我们送到宜兴宾馆。我们如释重负：这里不是茅山山顶了！我们盼着洗个热水澡，再找点东西吃。不幸的是，当我们走进宜兴宾馆，厄运还伴随着我们。前台的服务员告诉我们，这里已经客满，没有房间了。我们问服务员我们还可以住到哪里去。他说最近的一个可以接待外国人的宾馆在十公里开外的丁蜀镇。但是最后一班开往那里的车已经在几个小时前就开走了。

我们明白和服务员争吵毫无用处。显然我们没有被看成这家宾馆的普通旅客。自然，我们意识到他只是想把我们赶走。但是天这么晚了，我们疲劳不堪，真的没有别的选择了。我们走到大堂远处的楼梯角落，做出不可思议的行动：在楼梯下的空间里，我们放下背包，掏出几件衣服并把它们铺在地上。然后，我们躺在上面，伸开四肢打算睡觉。前台职员给惊着了。他们显然以前没有对付过这样的来自地狱的流浪汉。当他们试图驱逐我们时，我们只是蜷缩着身体，拒绝起来。我们回应说，这是这个市里允许外国人住的唯一住处。既然这里也没有我们住的地方，那我们也没有别的地方可去，所以对这样的情形爱莫能助。我们建议他们叫警察，看看监狱里是否还有空的监室。这是一个厚颜无耻的策略，就像是一场抵押自家房子进行的赌博。但我们盘算着自己不可能输掉。

　　当然，我们敢于让工作人员叫警察是因为我们有经验：在中国不可能有一个宾馆全客满的事。当住在宾馆里的其他客人都来围观发生了什么事时，这个职员最终放弃了，告诉我们将为我们安排一间靠近门厅的房间。原来靠近门厅的三十多个房间都是空的！第二天早上，一个大厅的服务员告诉我们，是经理安排要尽可能多地空些房间，以免住在这里参观的一个官员代表团感到不方便。很显然，这是一个国营的旅店。

　　我们谢谢了服务员告诉我们这个原因，然后结账走人。昨天我们度过了一个美妙的夜晚——洗澡水是热的；当我们去餐厅时，它还开着门在营业。临走前我们甚至告诉前台的那个职员，我们住的房间非常舒适。从我们希望住在那里过夜的九霄万福宫开始，一天里我们经历了多大的一个变化呀！我们走到宾馆外面，去勇敢地面对新的一天。

　　我们现在已经在宜兴。我们已经访问了中国的瓷都，而宜兴则是中国的陶都。但是当我们在附近的几个商店里打听能到哪里参观这个市著名的陶器生产过程时，却发现宜兴市不是我们要找的地方。所有盖着宜兴名字的陶器都是由此地往南十公里处的丁蜀生产出来的。这是一个老做法：行政中心把自己的名字借给在它管辖区内生产的产品。

宜兴茶壶

幸运的是，前往丁蜀的车每三十分钟有一趟，而且至少他们在白天是一直运行的。我们把背包寄放在汽车站，登上了开往丁蜀的汽车。当我们上车时，我们问驾驶员是否知道丁蜀的哪一家陶器工厂可以参观。他说我们可以参加一个旅游团或者是在当地的旅行社雇一个导游。在景德镇，我们雇过一个导游，效果不错。所以我们想等到了丁蜀后采用同样的方法。没想到我们完全不必那样做。坐在我们前排的一个姑娘就是丁蜀最有名的陶器厂——江苏宜兴紫砂工艺厂的工人。我们问她从事陶艺生产有多长时间了，她回答说当她还是个孩子时她父亲就开始教她这门手艺。路神又一次向我们微笑了。当我们告诉她我们对茶壶非常有兴趣时，她说她所在的那家工厂就是以生产茶壶而最有名气。我们到丁蜀后，她领着我们去了她的工厂，还把我们介绍给了工厂的副主任李昌鸿。

李先生也是这家厂子的陶艺师之一。他回答了所有我们想知道的有关这家工厂和茶壶的问题。此时一想到前一晚上在宾馆遭受的境遇，我们感到一种巨大的反差。李先生说他的工厂是丁蜀历史最悠久、最大和最有名的陶器工厂。这听起来像一个推销员的说辞，不过我们并不反感，甚至很高兴，因为他并没有试图卖什么东西给我们。像厂名所暗示的一样，这家工厂以紫砂陶器而闻名，同镇上所有别的陶器厂一样。

黏土是丁蜀陶器名气的秘密所在。它来自于丁蜀附近的两座山：丁山和蜀山。李先生说，从一千公斤山里的土壤中只能提取出一公斤适合茶壶和其他工艺品的高等级黏土。一旦黏土被提炼出来，就分配给一千多个陶工进行下一步的加工。以茶壶而言，他说，平均每个工人每天只能生产出两把来。然而，这家工厂的十一个陶艺师的作品平均每月只有一把。

尽管从宋代以来丁蜀的陶工就一直在生产陶器，但根据李先生介绍，其工厂化的生产是从 1956 年才开始实行。因为对机器化的生产没有什么兴趣，我们问他能否让我们参观小规模的手工生产过程。他微笑着点了点头，把我们带到了一个有一溜儿工作室的地方。在那里，

陶工姑娘和作者

我们看到陶艺师和他们的徒弟们正在制作茶壶。在几个陶工中，他向我们介绍了一位国家级陶艺大师。他的名字叫顾景舟。李先生说，顾先生每年只生产四把茶壶。七年前，当他的一把茶壶被放到市场上，卖出了十二万的价钱，相当于两万五千美元。我们站在那里感到难以置信。顾先生笑而不语。李先生也是如此。

前前后后李先生花了一个多小时带领我们参观了陶器的生产过程。他为我们花的时间太慷慨了，让我们了解到了有关陶器生产的一切。其中让我们印象最深刻的是工作室里照明的不是头上的电灯，而是自然光。在自然光的环境里，陶工们以从容不迫的工作态度，安静地度过他们的时光。一旦茶壶做好了，要被风干若干天，具体天数要根据天气而定。然后，被置入窑炉中以一千二百摄氏度的高温烧制。丁蜀的紫砂非常油润，以至不需要上釉。用这种黏土制作出来的茶壶让人乐于持握和把玩，捧在手里会感觉非常惬意。中国人不论在哪里生活，都离不开一把好茶壶，而宜兴的茶壶是最好的。然而，生产这样有名气的陶器也是有代价的。同景德镇的高岭土不同，丁蜀的紫色黏土，根据李先生所说，不会支撑这个产业太长时间了。他估计，会在五十年内被采光。一想到这点，就让人有些难受。

带着这样的心情，我们很想买一些茶壶，但是想到自己旅行的粗放，它们一定没法被善待，只好忍痛割爱了。我们谢过李先生花时间带我们参观，也想跟那位热心的小姑娘说再见，但她已经不知去什么地方忙乎她的茶壶去了。回到路边，我们注意到这个镇被运河分割成了十字形。其中一条河就流经我们参观过的这家工厂的门前。运河里满是运载着庞大的紫砂罐子和包装着小茶壶箱子的驳船。这些船将会把茶壶运给数以十亿计的茶客。我在家里时，总是能满意地用我那把老茶壶泡出香浓的茶。到过宜兴我现在明白了，为什么它的茶壶能泡出如此香味扑鼻的茶来。

陶艺师在制作茶壶

装着陶罐的驳船

# 第十五章

## 无锡和常熟

满足了对茶壶的好奇后，我们搭乘汽车回到了宜兴，取了我们的背包，登上了中午发车开往无锡的车。三千年以前，无锡叫作"有锡"，意味着有很多锡矿石。那以后一千年，锡矿被采光了（正如丁蜀将要发生的紫黏土被采光的情况一样），于是城市改名为"无锡"，意思是没有锡矿了。锡如此重要的原因是它是冶炼青铜所必需的成分。没有锡，就没有青铜器。而在古代中国，拥有青铜器是富有和权势的象征。礼仪用具全都是青铜制作成的，没有一个仪式活动缺得了青铜器。

汽车绕着太湖行驶。依据不同季节的水量变化，太湖在中国四大淡水湖泊中排第三或第四的位置。它的淡水大部分流入江苏北部交叉分布的运河水系里和浙江省。它出产三十个品种的鱼，还提供了那个地区最美的一道风景：水波粼粼，渔帆点点。有时候湖里的渔船可达到几百条。

当汽车颠簸着前行时，我凝视着湖水和渔帆，想象着水面下的岩石情况。除了它的鱼和渔船外，太湖还以太湖石闻名。岩石被从中国各地运到这里，然后沉于水下若干年，直到它们被波浪和潮汐侵蚀成千奇百怪的形状，成为传统的中国园林中的镇园之宝。我们以为可以从湖里看到太湖石的身影，但是却连一丝涟漪都没有看到。

我们到达无锡时，已经是午后1点了。毫无疑问，太湖有许多景致可以欣赏，也许可以看到满是太湖石的园林。但是我们到无锡是冲着别的东西来的，有的东西还在无锡以外。我们把背包存在了汽车站，并打听了去往马镇的方向。三十分钟后，我们坐上了当地开往那个方向的汽车。早些时候，我们还担心不能准时赶到无锡，而现在才下午2点，时间充裕得很。我们之所以去往偏远的乡村，是因为马镇是中国两个伟大旅行家中一个的故乡。而我们自己也是旅行者，所以我们想去表达自己对他的景仰。这个旅行家的名字是徐霞客，1587年出生在马镇。

太湖上的渔船

他的旅行同公元 7 世纪的玄奘和尚不同。玄奘的旅行是到印度然后返回，路线比较单一，而徐霞客却走遍了中国；玄奘旅行的目的是为了佛经，而徐霞客旅行的目的是为了大自然。在二十六年的历程中，他访问了中国境内重要的自然美景中的每一处。但他可不仅仅是旅行，而是用笔记录下了他旅途中的所见所闻。这些记录的文字是海量的。尽管有相当大部分的记录散失了，但传世的日记仍然有四十多万字。这些残存的文字对中国风景奇观的描写成为至今的标准。人们仍在使用他的词汇描写一条瀑布或一个山巅。他永生在中国的自然世界中。

在还没有进行他的旅行前，徐霞客生活在马镇家乡的一个小村庄里。这个村子在路边辽阔的原野上显得尤其渺小。靠马路的地方有几家小商店，分别卖的是农具和油盐酱醋。我们走进一家店里询问纪念馆的具体位置，店老板为我们指示了公路边的一条通向村子的土路。我们沿这条路走了三百多米，来到了一座建筑的大门口。建筑物上的牌子说明这就是徐霞客纪念馆。

我们穿过大门，走进了纪念馆，发现我们与中国最伟大的旅行家有很深的因缘。站在我们身边的唯一的一个人就是馆长，刘正泉。刘先生看见我们非常惊讶。他走近我们，握着我们的手半天不松开，好像我们是老朋友似的。这个纪念馆没有多少人来参观，所以我们想这是刘先生热情欢迎我们的原因。或者也许是，我们想，因为我们是外国人吧。但实际上这两条都不是。

松开我们的手后，刘先生领我们来到他的办公室。然后，他拉开写字桌的一个抽屉，拿出若干个信封来，都是盖了邮戳的。我们耸耸肩。这是什么意思？刘先生冲我们抖动着信封，说他刚刚从邮局得到它们。它们是首日纪念封。我们仔细看了看邮票，画面是徐霞客穿着他的旅行衣装正在写他的旅行日记。然后，我们又看了看盖在邮票上的邮戳：1991 年 10 月 18 日。我们急忙从刘先生办公室墙上的日历查了日子，当天是 1991 年 10 月 19 日。然后，我们又看了看首日封。除了徐霞客肖像的那张邮票外，还有一张是他的坟墓的照片。原来我们来的前一天就是他去世三百五十周年的纪念日。"阿弥陀佛！"我们齐声诵道。

霞客先生遺像

咸豐壬子夏日吳儁摹
丁卯梅月梁溪秦南再摹

徐霞客画像

刘先生说如果我们收下他的纪念封，他会感到很荣幸。然后，他把我们的名字写在信封上地址一栏的空白处。这就像是我们收到了来自徐霞客的私人礼物一样："祝你万事如意，比尔。你不知道黄山山顶上有多美。希望什么时候你有机会单独去一趟，不要告诉任何人。我恨山上游人泛滥。"对于像我们这样的旅游者来说，得到这样好的一份礼物非常难得。与此同时，我从手包里掏出几张徐霞客旅行日记的复印件给刘先生看。当我们参观衡山、庐山和黄山时，我们都使用他的日记来对照景物。庙和亭子已经变了，但是小路路线还是和几百年前一样。

从意外惊喜中恢复平静后，我们把首日封放进手包里。刘先生领着我们参观了纪念馆。展品包括徐霞客的旅程地图，现代旅行者拍摄的徐霞客到过的名山的照片，当然啦，还有他的旅行日记节选。虽然没有太多东西可看，但是我们无疑得到了满足。这是个特殊的日子和特殊的地方，而恰好我们在这个特殊的日子里来到了这个特殊的地方。这就足够了。

刘先生陪同我们来到纪念馆外面，顺着路走了一百多米，来到另一处展厅。这个展厅里展出的是徐霞客自己以及他的先人和后代的书法作品。尽管并不富有，徐霞客代表了这个杰出家庭的第十七代人。徐氏家族至今还人丁兴旺。刘先生说徐家第二十六代和二十七代家庭成员仍生活在这个地区。馆里还有一张他的肖像画，是根据一段铭刻文字描绘的。这段文字里描写他"皮肤偏黑，龅牙，六英尺高"。很形象的一个古人样子。

徐霞客1586年出生在这里，1641年死在这里，截至我们到访这天，他在这里长眠了三百五十年零一天。他死于漆中毒。在一次中国西南丛林的旅行中，他被漆液感染了。当我在西安南面的终南山旅行的时候，曾经见到一个漆中毒的人。他的脑袋肿得比正常时候大一倍，很明显是感染了漆树的液体，而这是足以要人命的。

然后刘先生领着我们走到外面的花园庭院里。在庭院的远处就是徐霞客坟墓。我们身上已经没有威士忌了，否则应该以酒祭奠他的。

徐霞客之墓

我们改用在他坟前鞠躬的方式替代了，并感谢他的日记处处为我们指路。我们经常觉得，自己似乎是在沿着他的脚印行走。

离开时，刘先生指着庭院里几棵死去的树和徐霞客墓碑上模糊的水印痕迹对我们说，几个月前这个地区的洪水淹到这么高。北面的长江离这里不到二十公里，而这里，毕竟是长江三角洲冲积平原。

我们依依不舍地对刘先生说了再见，并感谢他赠送我们首日封。我的那张至今还珍藏在家里，把它用作了我的那本《徐霞客游记》的书签。每次当我翻开这本书的时候就想起了刘先生。我希望他一切都好。

我们回到无锡的时候，太阳即将下山。我们在汽车总站取回了背包，然后准备找一处旅店过夜。在汽车总站附近我们没有发现任何旅店，于是要求一辆出租车的司机带我们去一处靠湖滨的宾馆。司机把我们拉到了湖滨饭店。这真是一家很不错的旅店，环境优美，而且就位于太湖岸边。我们有些担心我们住不起。但没想到三张床的房间才一百三十元人民币。与昨晚不同，我们不用再躺在楼梯底下的地上了。这里有的是房间，我们的这间甚至还能看到湖景。我们在饭店的餐厅用了餐，以改善一下我们的饭菜质量。晚餐的质量就和我们在长沙住的枫林宾馆一样好。我们吃的几个菜足以被我们写进笔记作为纪念，它们是这个城市很有名的菜肴：面筋、无锡排骨和银鱼。

饭后，我们到湖边散步。饭店所在的这块土地就像伸到湖里的手臂一样，形成了无锡的港口。虽然太阳已经下山了，但还有一些在外捕鱼一整天的渔船和收获了太湖石的船正在靠岸。远处，我们可以看到鼋头渚凸起的轮廓。饭店前有一个码头，游船白天从这里载着游客出发做湖上游。但是现在太晚了，我们只能站在饭店的草坪上欣赏湖景。我们又像富人一样在生活。遗憾的是，我们不能真正地度假，我们只能在这里待一个晚上。

第二天早上，我们没有带任何一点锡就告别了这座城市，赶上了一趟开往常熟的早班车。常熟位于太湖以东四十四公里，我们不到 9 点就到了那里。像以往一样，我们在汽车总站寄放了行李，然后要了

晨曦中的常熟地平线

两辆人力三轮车去看风景——我们不可能三人挤在一辆车里。常熟不是个热门的旅游目的地，人力三轮车是这个城市主要的公共运输方式，第二位的，当然是公交车。

我们的目的地是城市西边的一座山，叫作虞山。它不是座大山，但是我们对它很有兴趣。我们要求车夫把我们拉到虞山最靠近城市的东南角。我们设想这一天就从参观这座城市的两个最著名居民的坟墓开始。

第一座墓属于言子游，就靠近路边。言子游生于常熟，但他很年轻时就离开了这里跟孔子做学生去了。结束学业后，他成为孔夫子最喜爱的学生之一。事实上，他是孔夫子核心圈里仅有的南方人。以后，当儒家排列他们的精英名流时，他位列师父最杰出的十个徒弟之一。孔子去世时，言子游已经很有名望了。他回到了常熟，这有助于在中国的南方地区传播孔子的思想。他死后被葬于这里，在靠近路边的坟地里。通常人们没有意识到，直到公元前一千年，中原地区发达的文化才传播到这片南方地区。而正是言子游这样的大师起到了这样的传播作用。

在言大师的墓前表达了我们的景仰之后，我们随着墓后的一条通往虞山的小路穿过了一连串的石拱，走了两百米以后，来到了仲雍的墓前。仲雍是周国统治者的第二个儿子，当时周国是以现代城市西安为中心的。当国王决定绕过他的两个最大的儿子，把他的王位传给他第三个儿子季历，以便他喜欢的孙子能够接班时，仲雍和他的哥哥把这看成是他们的父亲对他们不满意的信号，所以就离开了都城。他们不是仅仅跑到郊区，而是向更远的地方流亡。当他们的侄子继承了王位后，仲雍领着家人和一千多个追随者越过了一千多公里，来到了长江三角洲，在无锡的常熟这个地方安下了家。

那是公元前1100年左右的事情。当时长江三角洲生活着别的族群而不是汉人。仲雍和他的伙伴们把汉族的文化介绍到了这个地区，打那以后这里才逐渐发展成为中华文明的中心。伴随着文字书写和技术技能的发展，仲雍还把农业推广到这里。这个地区后来变成了中国

通往子游墓的拱门

古代最富庶的区域之一。他死后，被葬于虞山。实际上，这个山名来自于他被分封的第一个地区的名字，在那里，他为人们所知的名字是"虞仲"。

除了这两处著名的墓地外，这座山上还点缀着平台和亭子。此时才上午 10 点左右，一群老年人坐在亭子下方的台地上喝茶或练气功。这是中国的老年群体最喜欢的两种清晨生活方式。我们围着山走了走，然后走下来回到了言子游的墓边，又雇了两辆三轮车，沿着公路绕着虞山的东侧前行。

半路上，拉我们两个人的三轮车师傅上气不接下气的，我们很担心他有心脏病，所以就下了车，徒步往前走。但是他坚持让我们又坐回到车上，把我们拉到了目的地：兴福寺。我们谢过他的努力，给了他原来要价三元人民币的三倍，十元。

自从一千四百年前兴福寺建立开始，它就成为中国南方地区最有名的佛教寺庙之一。尽管它曾是许多著名僧人的家，但它现在不再是寺院了。如同许多寺院一样，它现在被负责文化事务的官员作为旅游点加以管理。在通向寺院大门的路边，我们经过了一个墓地。那里面埋葬着许多著名的和尚——至少管理这里的人说他们是著名的。我不知道他们的名字。然而他们的法号足够有趣：彦称、伏虎、常达、降龙、怀述、朝阳补衲、晤恩、对月看经，等等。但是寺里没有人听说过我们为之而来的和尚。

他于 1272 年出生于常熟。第一次出家后，他就生活在兴福寺。他的法号叫"清珙"，但为人所知的名字叫"石屋"。因为他惯于在离寺庙不远的一个山洞后面的大石头上打坐。后来，石屋搬到太湖南面的一座山上，他在一个小茅屋里度过了余生中的大部分时光。他还写了很多诗，并在这些诗的前面写下了这样一段话：

> 余山林多暇。瞌睡之余，偶成偈语自娱。纸墨少便不欲纪之。云衲禅人请书，盖欲知我山中趣向。于是静思随意走笔，不觉盈帙。故掩而归之，复嘱慎勿以此为歌咏之助。当须参意，则有激焉。

我们到这里来寻他踪迹的原因，是我在若干年前用英文翻译了他的《山居诗》。其中第三十六首是这样的：

我本禅宗不会禅，甘休林下度余年。

鹑衣百结通身挂，竹篾三条蓦肚缠。

山色溪光明祖意，鸟啼花笑悟机缘。

有时独上台磐石，午后无云月一天。

虽然不是晚上，但静静待着的主意似乎不错。走出了寺院，我们发现有一个无人的亭子建在一个不平坦的岩石上，对我们来说是休息一下的好地方，于是就坐了下来。那天上午的剩余时光，我们就坐在那里，听着鸟鸣，呼吸着充满花香的山上空气。那是一种特殊的度假方式。

# 第十六章

## 苏　州

我们的下一站是苏州。这里当然是中国最好的地方之一，即使没有几周时间，也值得住上几天。从常熟出发，只用了一个多小时就到了苏州，时间甚至还没有到中午。下车后没多久，我们住进了一家廉价的南林饭店。在这里一个三人间才六十元人民币，也就是十二美元。这真是一个挺棒的交易。这个市里有很多接待外国人的宾馆，但是它们的价格也是为外国人准备的。

因为这一天还有不少时间，我们沿着街道溜达，但没有走得太远。苏州以园林而著名，其中一座园子位于我们所住的饭店很近的几条街外。它第一次建起来是在公元12世纪，随后却废弃了六百年。当它最终在18世纪重建后，人们叫它为"王四园"，是根据它附近的一条小巷的名字取的。但是在后来某个时候，又有人把它的名字改为"网师园"。在苏州方言的发音中，这两个名字没什么不同，但是打鱼的意味比一个小巷的名字更富有诗意，也同这座园子过去的名字"渔隐园"的意境相符。这是领着我们穿过园子的一个妇女讲的故事。

它是苏州最小的公共园林，但却是这个城市最好的园林之一。它的面积的确相对较小，还不到半公顷，或者说只比一英亩多一点，但是它的景致被设计得千变万化。每走不了几步，由水面、植物、岩石、假山和建筑组合的令人赏心悦目的风景就呈现出一道新的景观。我们本可以把那天余下的时间都花在那里，但是我们仍决定回到饭店小睡一下。吃过晚饭后，我们又回到了那里。夜晚的园子仍然很美，但是我们这次是来欣赏音乐的。园中每一个亭子里都有音乐师或歌手在演奏不同的古典乐器或唱着不同的曲子。没有多少人意识到苏州的传统音乐的名气其实一点也不逊于其园林。我们在那里一直待到晚上9点园子闭园。那晚月光皎洁，而我们的饭店有个小土坡，是赏月的好地方。我们买了几瓶啤酒，喝着酒，欣赏月亮在云彩里慢慢地穿行。

第二天早上，我们外出观光，或者说至少走马观花地看看。但是我们没有走几步，就意识到了苏州是一个不一样的城市。就在我们饭店大门外有个面包店，里面竟然有羊角面包卖！而且是那天早上刚烤出来的羊角面包！我们在中国没有吃到过一个羊角面包，哪怕是不那么新鲜的。但是苏州这个不一样的城市就有！它有那么厚重的传统文化，又有国际化都市的味道。于是，我们手里拿着羊角面包，心里揣着计划，冒险地走进了新的一天：我们决定乘船游览这个城市的西边部分。中国人喜欢称苏州是亚洲的威尼斯，它纵横交错地分布着的大量运河和小桥，使它够得上这个称呼。事实上，它有三十五公里长的运河和一百六十八座桥梁。

我们告诉船夫把我们送到留园。三十分钟后，我们到了。苏州当然有很多很美的园林，但是它们都在旅游线上，而我们想避开拥挤的人群，所以选择了两个相对冷清的园子参观。我们很高兴自己做对了。而这个园子的名字也是恰当的，在中文里它的意思是待一会儿的园子。我们就是这么做的。它和我们昨天游览过的网师园正好相反，三公顷（或七十五英亩）的面积，使它成为苏州园林中最大的一个。于是，园林设计师没有再按照几步一景的构思来设计。他的设计费了时间，我们的游览也是。我们在园子里很自在地游览，没有让人害怕的人流。这是一个简单但又不简单的园子。我们尤其喜欢欣赏围绕着池塘的步道墙上形状各异的窗户。它们提醒我们，你从什么样的框架里看事物，你看到的事物就是什么样的。

我们在留园徜徉得差不多了，就顺着运河走上一百多米，来到了另一座园林西园寺。但那里的园林只是西园寺寺庙的一部分。尽管它和留园都是由同一个人设计的，但西园寺的独特是其开放性，几乎就是一个公园的氛围。那里甚至还有草地区域，游人可以坐在草地上看着白云发呆。事实上，那也是两个园子的不同之处：在前一处，我们站着溜达；在后一处，我们坐下犯傻。

但是作为旅行者，我们不能坐得太久，即使是在这样一个宁静之地。我们走回到运河边，上了一条水上的士。我们告诉船夫送我们去寒山寺。我们看到的所有旅游小册子上都说寒山寺是以唐朝一个佛教

苏州运河

留　园

徒诗人的名字命名的，他当时就住在寺里，后来离开去做了隐士。但是这个在西方人眼中非常有名的"寒山"，事实上从没有在那里住过。寒山寺这个寺名是根据附近一个叫寒山的小山而取的。

我估计中国人中没有不知道张继的《枫桥夜泊》这首诗的：

> 月落乌啼霜满天，江枫渔火对愁眠。
>
> 姑苏城外寒山寺，夜半钟声到客船。

在汉语中，这是最著名的诗之一。但是张继写这首诗是在公元742年，而当时寒山尚不到十岁。这个寺名的神话牵涉到至今尚存的隐士这个群体。

我们到寒山寺去的一个原因是想跟那里的方丈见面。八年以前，我出版了寒山三百首诗的第一个完整的译本。我的一个朋友给方丈看了这本书。从那以后，我和方丈就建立了书信联系。他的名字叫性空，也是个艺术家。他寄给我他的绘画或书法，我回赠他几本我的书。但是我已经几年没有他的音讯了，不知道他是否还健在。

我们在大门口向几个和尚打听方丈，他们中的一个领着我们走进了方丈的接待室。这里更像是个艺术工作室，四面墙上都挂满了绘画和书法作品。一张条桌占了半个房间，上面覆盖着宣纸，似乎是在等待着主人的灵感。当我们走进去的时候，看见性空正坐着在同一个和尚谈话。他抬起头朝我们微笑。我走上前去，向他介绍自己。我告诉他多年来我一直期待着同他见面，没待我继续说下去，他蓦地站起来，抓住我的手不放。我是说，在接下来的一个小时里，他也不松开我的手。我们说呀说，有说不完的话。终于，他起身带我们到庙里参观，这才松开我的手，但又抓住了我的胳膊。

他想要带我们看的是庙里的书法，其中包括一堵墙上完整地书写着的《金刚经》。这是宋代最著名的书法家之一张即之（又叫作樗寮）所书。墙上还有明代最著名的书法家之一董其昌的作品。这堵墙真是一座国家宝库！性空还给我们看了一幅寺院收藏的明代画家所画的寒山和他的朋友拾得的肖像画。尽管这两人都没在这寺里居住过，但在

性空方丈和作者

人们的想象中，他们和这座寺庙不可分离。自然，关于他俩未在寒山寺待过这个看法我们在方丈面前缄口未提。①

性空还带我们到他准备修建的一座新塔的塔址看了看。那将是一座很高的塔，但是我们不知道钱从哪儿来。不过，这个寺院的情况明显不错。也许，他还可以卖自己的书画筹集建塔款。我听说，他的书画作品在日本小赚了一笔。在寺院里走了走后，性空带着我们回到他的接待室，送了我们每人一幅画。我得到的那幅画是鸢尾植物，至今它还挂在我家里的墙上。最后，我们起身告辞。我答应会把我的下一本新书寄给他，至此性空才松开我的胳膊。

苏州是这样一个城市，在这里游客总觉得时间不够用，得有一周才行。但是我们只有一天。我们走出寒山寺后，拦下了一辆出租车回到饭店。我们不打算去看更多的园林或庙宇了，而是想去看看苏州的丝绸。丝绸是神奇的纤维，为这座城市制造出了如此多的园林和寺庙。丝绸贸易带来的巨大财富支持了其他的各个方面。

考古学家在黄河中游和离苏州不远的长江下游地区发现了古人类生产丝绸的迹象。他们发现的这种物质的年代可以追溯到五千年前。这暗合了嫘祖发明丝绸的传说，因为她就生活在那个年代里。同许多的发明一样，传说丝绸的发明也是在偶然中产生的。有一天嫘祖在一棵桑树下喝茶时，一只蚕茧从桑树上落到了她的杯子里。她试图把蚕茧从杯子中拈出来，便用手指尖拎住蚕茧的细丝往上提，不料想却拎出了蚕茧的一段丝。这就是蚕丝是怎样被发现的——是在嫘祖的茶杯里发现的。还很偶然的是，嫘祖成了黄帝的妻子，而后者是黄河中游地区公元前 2700—前 2600 年某一个时段的统治者，离现在有五千多年了。

尽管丝绸的生产很明显是同一时期在中国的好几个地方开始的，但是上千年来，苏州及其周围地区一直是丝绸生产的主要中心。因为

---

① 学术界有观点认为寒山寺就是寒山和尚主持修建的，寺名亦由此而来。——译者注

蚕只吃桑叶，而苏州地区的桑树最好。同时，苏州位于大运河边，又靠近长江口，保证了它的市场通道便利，不管是国内还是国际。

我们在饭店里稍事休息，把方丈送的画收好，吃了午饭后，便前往苏州第一丝绸厂。那里位于我们住的饭店南面也许也就是二十分钟的步行距离，要跨过古老的护城河。前一天的下午，我们请南林饭店帮我们联系了一下厂方，所以我们不担心没人接待。到那里后，一位负责接待来访者的女士把我们领到一个房间，给我们泡上茶，然后向我们介绍有关桑蚕的知识。她说每一只蚕蛾大约产卵四百粒，而蚕卵一孵化出来，就开始吃桑叶。在二十五天的成长过程中，一只蚕要吃下二十五克的桑叶。这期间，它们要经历成长的五个阶段。在第五阶段后，它们就停止吃桑叶，开始吐丝，为自己建造一个包裹自己的蚕茧。蚕只要二十四小时就能吐丝织造出一只茧，而组成这个茧的蚕丝可达到一千二百米长，是蚕吃进去的桑叶转化而成的。为我们讲解这个过程的女士说，如果不管这些蚕茧，藏在其中的蚕蛹会在七天后蜕变成蚕蛾咬破蚕茧钻出来。而一旦出现这样的情况，蚕茧上的蚕丝就会被破坏，对丝绸生产也就毫无用处了。所以，为了防止这样的情况发生，百分之八十五的蚕茧会被放到沸腾的水里煮上十五分钟，而其余百分之十五的蚕茧会被放一边用于繁殖蚕宝宝。

我们喝了茶后，这位女士又带我们来到工厂里的生产车间。在那里，我们看见女工们正在分类拣选煮过的蚕茧。这个过程结束后，就开始了对蚕茧的抽丝。抽丝不是一次抽一只茧，而是同时抽取九只茧。接待的女士告诉我们，一根丝线要由九根蚕丝组成，才能有足够的强度进入后续的加工过程，因为它有一千二百米长呀！一只茧子，没有任何可浪费的：一旦蚕丝抽取完成，蚕茧中死去的蚕蛹被堆放在另一边，可用于制作治疗糖尿病的药物。同时，丝线被浸泡在热蜡中二十分钟以软化它的纤维，然后准备进入染色工序。再以后，它们被织造成布匹，送往其他的工厂进行印染。最后，被裁割和缝制为成衣。她说，一件丝质的衬衣或裙子，需要九百只蚕茧的丝线才能做成。即使是一条领带，也要一百二十只蚕茧才够。

苏州丝绸工厂

终于，我们参观完了生产过程。接待女士把我们带进了工厂的样品陈列室，和我们道别后离开了。陈列室里有各种丝裙、绸衬衫，当然啦，还有成匹的丝绸。这些产品质地精良，色彩缤纷，但是我们没有打算要买点什么。

这是内容丰富、行程满满的一天，我们突然间感到饿了。苏州的美味餐馆到处都是，里面坐满了来自上海和南京的游人。在秋天里，他们来到苏州吃这里的淡水蟹。这些蟹被蒸熟后，配上醋和姜丝，就成了他们的美味。当然，我们在那里的时候正是秋天。怀着这样的印象，我们步行跨过护城河，经过我们所住的饭店来到了观前街。这里有许多高品质餐馆，我们想要在其中一家叫"松鹤楼"的著名餐厅吃点什么，但是一看觉得对我们来说太昂贵了，而且我们只想简单吃点东西就行了。正当我们一边闲逛着一边思忖去哪家吃晚饭，看见大监弄那里有一家餐厅门口排着队。这通常是个好征兆。于是我们也加入了排队的队伍。这家餐厅的店名是"绿杨馄饨店"。尽管队伍不短，但也只等了十五分钟就轮到了我们。在这家店里，我们至少不会为点餐而犯愁，因为他们只卖两种食品：馄饨和包着虾肉、猪肉的饺子。虽然没有大闸蟹，但对我们而言也是美味。两千年来，中国人都说生活在苏州是幸运的，我们不得不同意这样的说法。

# 第十七章

## 隐者和珍珠

离开苏州，我们心里感到十分不舍。第二天早晨，走出南林饭店后，我们买了一堆足够我们吃一天的羊角面包。在中国，能发现现烤的羊角面包，是多好的一种待遇啊。但是当我们赶到城北郊的长途汽车站时，车已经开了。这就是生活！① 一个小时后，我们坐上了下一班开往湖州的客车。再见，江苏！你好，浙江！

顾名思义，湖州的意思是湖滨的城市。这个湖，当然还是太湖。我们是围着太湖在旅行。我们已经去过了太湖西岸的宜兴、北岸的无锡和东岸的苏州，而湖州位于太湖的南岸。湖州对于旅游者来说没有什么吸引力，但好在我们去那里不是为观光。我们就想去探访石屋居住过的那座山。我们已经访问过位于常熟他所居住过的寺院。那时，忽必烈汗在元大都他富丽堂皇的宫殿里统治着中国。我们不指望还能看到石屋的茅篷，但至少要找到他曾经待过的那座山。

到那时为止，我们已经访问了许多类似的遗址，例如杜甫、陶渊明和屈原的墓地。这些遗址不在旅游圈里，但很合我们的口味。很少有中国人知道石屋，即使他们偶尔读过他的诗。他不仅是不大为人所知的诗人，还是最不为人所知的诗人，留下的遗迹最少。即使在他的家乡，也没有人知道他的名字。我们也不比他们知道得更多，除了霞幕山上的他自己建的小棚子。霞幕山位于湖口的南面。不幸的是，我没能在地图上找到这座山的名字，所以，我们只好盲目地摸索着走。但是此前路神都对我们微笑，所以我们幻想着路神会再次把他的微笑送给我们。

离开苏州俩小时后，我们的长途车开到了湖州。下了车，我们走进车站售票大厅查看墙上的路线图。我们挑选了南面的一个镇，叫德清。我们推断霞幕山一定是在德清西面的什么地方。我们认为如果我们到

---

① 这句话原文是法语。——译者注

了德清以西的山上，一定会幸运地找到石屋居住过的遗址。于是，我走到售票窗口，要求买三张到德清的票。

如我前面所说，湖州没有什么旅游者，更没有什么外国人。当售票员看见我，她立即离座不知去哪儿了。几分钟后，她带着车站经理回来了。经理问我们要去哪里，我把对售票员说的话又重复了一遍。他不仅卖给了我们票，还建议我们到他的办公室去坐着等车，那样可以舒服些。看热闹的人已经开始在我们周围形成包围圈，而我们的车要一个小时以后才开车，所以自然，我们很高兴地接受了他的好意。

我们来到他的办公室后，他自我介绍说他叫高永奎，并问我们为什么去德清。我们告诉他我们在寻找那里西边的一座山，14世纪时曾经有一个诗人在那里居住过，并反问他有没有听说过霞幕山。他只是摇了摇头。然后，他请我们坐在他办公室的沙发上，自己拿着几个玻璃杯去泡茶了。他离开后，我打量了一下这个办公室。那是什么？就在我们所坐的沙发上方，有一幅这个县的详细地形图。我惊喜万分，忙在上面寻找湖州南面的区域，因为我推测霞幕山应该就位于那里。猛然，我的眼睛集中在一个位置不动了。猜猜看？霞幕山！有了！它是真实存在的。六百年了，它的名字一直未变。

当高先生回来时，我们告诉他我们不去德清了，而是要去霞幕山。他真是下凡来帮助我们的"活菩萨"，不仅把我们的票拿去退了，还跑到车站外面为我们安排了一辆出租车送我们去那里。当他出去忙乎的时候，我继续查看地图，又有了新发现！湖州市南面就是道场山。道场山是石屋讲经的一座山。庙还在那里——至少还在地图上。我们简直不敢相信自己的好运气。要是按图索骥地跟着旅游小册子或旅游指南走那就是另一回事了。发现没有人记载过或标注过的有意思的事物是非常令人高兴的。我们是进入天堂的旅游者！ 分钟后，高先生回来带着我们离开了办公室，走到外面，把我们介绍给外面等着的司机。我们告诉高先生，我们还要去道场山。他转身告诉了司机。司机耸耸肩，然后回答说，两处地方的车费都是一样的，五十元人民币。要得不高嘛，我们很高兴地接受了，然后把行李存放在车站，挥手告别了高先生。

湖州汽车站的"活菩萨"和司机

在湖州以南两公里处，我们驶离了主路，沿着一条土路一直往前开。开到路的尽头，我们下了车，从一条小路走向一座残存的寺庙——万寿寺。一千多年以前，这里是中国最著名的禅宗寺院之一，也是石屋在去霞幕山之前和师父居住的地方，还是他后来下山来讲经的地方。

走进大殿，我们见到了方丈。他说他的名字叫馥馨。我不大明白，不得不请求他写成汉字。我从没有听说过这个词，也没有见过。俩字组合在一起，是很浓郁的芳香的意思。可是这是一个佛家弟子的名字，非常另类的一个名字。他说，当年红卫兵几乎毁了这个庙里的一切，除了大殿里我们现在站在它面前的唐代时期的柱子和庙后山脊上的宋代宝塔。他请我们坐下喝杯茶，吃几块锅巴做成的甜布丁。

一边吃着锅巴布丁，我一边掏出随身携带的石屋的诗给他看，并问他是否听说过石屋。但是他没有听说过。我们聊了一阵儿后，起身告辞。这天已经过去了一半，我们还急着去山上找石屋半生居住过的地方呢。回到了主路，我们继续朝南行驶。尽管车站经理已经告诉了司机我们要去的地方的正确方向，但接下来的一个小时里，我们还是不得不停车十来次，向路边的村民打听他们是否知道霞幕山。显然，还是有人知道。我们打听的最后一个人告诉我们穿过铁道，沿着一条仅可通行一辆车的土路走。这条路把我们带到了一座山的山脚下。走在路边的一个农夫证实了，这座山，千真万确地就是霞幕山！我们激动万分。

当我们的车沿着土路继续行驶的时候，石屋《山居诗》里的第七十六首悄然地来到我脑海里。这首诗显然是他在中秋节晚上写的：

> 凄凄茅舍新秋夜，白苣花开络纬啼。
> 山月如银牵老与，闲行不觉过峰西。

我们认为他的茅屋一定还在山上的东侧，但是不知道怎样才能上到山顶。最近的一场大雨让土路的路面形成了深深的车辙，我们的司机那辆破旧的蓝色捷克车在这条路上颠簸着前进已经非常吃力了。但是道路还在延伸，所以我们的斯柯达也继续在行驶。

道场山上的宋代宝塔

最终，在离山顶还有几百米的地方，一条铁链拦住了我们的路。我们下车来，越过铁链，经过了一间水泥平房建筑，开始了上山的路。没有走多长时间我们就到了山顶，但是那里没有什么东西可看。首先，山顶上的毛竹长得太高了，以至于我们看不到周围的环境。其次，除了毛竹外，山顶上只有两样东西。其中一个是巨大的、用于传播电子信号的金属大锅，另一个是一间用水泥修建起来的仓库。正当我们站在那里不知下一步该怎么办时，从仓库里冲出六个士兵，端着他们的枪对着我们。哎呀，这里原来是个军事设施！

就在这时，负责的军官恼怒地出现在我们上来的路上。在他还没来得及盘问我们是来做什么的之前，我们急忙向他解释我们是在寻找六百年前居住在这里的一个和尚的踪迹。这对我们是一个合理的解释。然后，我从手包里取出石屋诗的复印件。这是从我六年前在美国出版的石屋诗集双语版本中复印下来的，包括中文原诗和我的英文翻译。我指着石屋的一首诗给他们看。在这首诗中，石屋提到了他居住在霞幕山的山顶上。这个军官的眼睛睁得大大的，开始阅读这首诗。我告诉他，我们认为石屋的茅屋一定在这座山上东边的什么地方，我们希望能看看是否还有什么遗留下来的痕迹。这个军官的反应让我们吃惊。他挥手让士兵们散了，然后抽出他的弯刀，领着我们直接走进了竹林。这些是一个叫箭竹的毛竹品种，它的竹笋最为细嫩，但是形成的竹林却难以置信地密集。他不管不顾地一头扎进竹林，用他的弯刀砍出路来。我们跟在他后面。尽管有他在前面开路，但箭竹长得如此稠密，好些时候，我们的脚或手都不能动弹了。尽管如此，我们心里感到的却是放松，跟在他后面奋力前行。

大约二十分钟后，我们终于来到了一户低矮的农舍前。我们身上裸露的皮肤都被竹枝划出了道道口子，心里想让我们穿过竹林该不是这个军官对我们擅闯军事禁区的惩罚吧？但事实上，他是在帮我们。他指着农户的房子告诉我们，在电信站前的这处农舍是山上唯一的建筑。这时，一个农夫出现在门前。他朝我们挥手，示意我们进去。

这个农夫说，他在这里居住已经超过二十多年了。在他搬过来不久前，红卫兵捣毁了原来在这里的一座小庙。在石屋圆寂后，这座小庙就建在靠近石屋的小房子的地方。石屋还提到，在他的茅屋后面有泉水。农夫带我们找到了这处泉水，它还在流淌着。石屋在他的第五十五首诗中写道：

> 法道寥寥不可模，一庵深隐是良图。
>
> 门前养竹高遮屋，石上分泉直到厨。
>
> 猿抱子来崖果熟，鹤移巢去涧松枯。
>
> 禅边大有闲情绪，收拾干柴向地炉。

农夫的小屋是石屋茅篷的两倍大，墙是用石头砌成的而不是用泥抹的，房顶现在是平铺的。但是泉水还在房后照样流，坡上照样种着茶树和箭竹，几棵松树依然立在那里伸展着英姿。

农夫请我们进屋喝杯茶。他说自己单独一人住这里。他的孩子已经长大，妻子住在山脚下的村子里。就像石屋一样，他没有多余的话说。石屋在他的第一百八十三首诗中这样描述自己的生活：

> 结屋霞峰头，耕锄供日课。山田六七丘，道人二两个。
>
> 开池放月来，卖柴籴米过。老子少机关，家私都说破。

离开石屋半辈子居住的地方，我们依依不舍。跟农夫告别后，我们又谢过给我们带路的军官，然后下山返回湖州。到湖州的时候天已经黑了，我们去取行李，没想到高先生还在等着我们。他说他已经为我们安排了就在车站的旅店里过夜。这个旅店还真有个名字："车站宾馆"。但这个小旅店是如此的简陋，不过我们三个人才收三十元人民币，能不简陋吗？而且，我们怎么好拒绝高先生的一片好意？在告别我们回旅店前，高先生还指着远处他最喜欢去的一家饭馆，告诉我们可以去那里吃晚饭。这家饭馆叫"丁莲芳"，步行只需要十分钟。走这几步很值得，我们从来没有吃过像那家店一样好吃的小笼包。饭后，我们回到房间里，打开几瓶啤酒，透过窗户观赏车站停车场上空的月亮。虽然我们不是在苏州网师园，但是我们感觉非常惬意。这是多精彩的

石屋的茅蓬所在地

一天啊!

第二天早上 6 点半，高经理就敲门把我们叫醒了。他告诉我们，开往我们下一个目的地的车半小时后就要发车了。我们真的没有计划要起这么早，以前我们很少早起，但现在是高经理在负责我们的旅行了！在开车前，我们跑到车站门口的街边上买了几块炸糕作为早饭。前一天晚上，我们曾告诉高经理我们的下一个目的地是位于湖州以南大约五十公里的莫干山。他说会看看能不能为我们安排一下。显然他这么做了。他说客车会在 7 点出发，带我们到达一百元人民币，听起来确实不便宜，但是高先生说那里每天只有一班车到莫干山，而且要下午才发车。高先生就像是我们的旅行代理人一样。昨天，他安排了一辆出租车送我们去霞幕山，还安排了我们晚上住车站宾馆，现在他又安排我们去下一个目的地的交通工具。分别前，我们拉着他到停车场合影留念。一分钟后，我们在开动的车上挥手告别了我们的旅行代理菩萨。

三十分钟后，正如高先生告诉我们的一样，武康车站的经理和他租来送我们去莫干山的面包车正等着我们。每个江南地区的商人和官员都知道莫干山，这里是他们夏天放下工作来避暑的地方。我们可不是来避暑的，但我们认为应该顺道考察一下这里，以便将来参考是否值得来避暑。

时令正值秋季，艳阳高照，穿过乡村进入山里的一路上景色美不胜收。我们到那里的时间比我们预想的要短，用了不到一个小时。莫干山和我们去过的别的山不一样，没有庙宇，却点缀着一栋栋别墅。它们都分布在从山脚下算起七百多米高的位置，而山脚下的乡村田野的海拔高度只有几米。夏天的时候，山上的温度比苏州、杭州或上海要低十摄氏度。

当我们从车里走出来，不得不穿上了我们的外衣。虽然才 10 月 23 日，但是旅游季已经结束。我们几乎是唯一一家还在开着的旅店的唯一的一拨客人。这家旅店叫银山山庄，是一家略显杂乱的老旧旅店。根据经理的介绍，这里曾经是旧上海一个官僚的别墅。他说这山上的绝大多数别墅都是几十年前由外国人修建的，但是现在用于接待政府各种机构的工作人员。我们住的这家旅店是少有的几家对公众开放的地方。

因为时间还早，我们穿过遮天蔽日的竹林，做了个短途散步。但是除了一眼望不到头的被竹林覆盖的斜坡，那里没有什么好看的。我猜想夏天来的人一定喜欢在这里爬山，但是我们没这兴趣。我们走回山庄，泡在房间里休息。午饭后，我们甚至还睡了一觉。吃过了晚饭，我们坐在房间外面的阳台上，观赏月亮消失在房顶后面的过程。这里和上一晚在车站小旅馆看月亮当然是完全不同的。这里静谧，但也清冷。我们要有威士忌就好了，没法，现在只好凑合喝啤酒。我不知道我们在莫干山上能期待发现些什么，但是无论是什么，都不是我们所感兴趣的东西。

第二天一早，我们乘上7点发车的班车返回武康，到那里时刚8点。然后从武康出发，乘另一路车去了德清。到德清只用了十五分钟，它位于铁路线上。因为火车还有两个小时才到来，我们在车站存好我们的背包，要了辆摩托三轮车去雷甸镇。在湖州的时候，高先生曾经告诉我们，雷甸镇的淡水珍珠非常有名，所以我们想趁着等车的时间去那里看看。我们告诉驾驶员直接拉我们去卖珍珠的地方。

我们十五分钟就到了那里。如果说那里有珍珠市场，那么得说它是个隐匿的市场。这个市场就是个运河边上的村庄。当我们问驾驶员市场在哪里，他说你们跟着我走就行。他停好车后，领着我们沿着一条小巷子，曲里拐弯地穿过了村庄，最后来到了村里的珍珠加工厂。这个厂是沿着运河建造的，里面满是装满了蚌壳的铁笼子。门边无人看守，我们径直进到了工作区域。在这里，女孩子们两个人一组地坐在凳子上。我们看到她们中的一个撬开一个蚌壳，把它其中的软体取出，切成小方块。然后，另一个女孩子用小镊子夹起小软体方块，把它们放回蚌壳内。往这个蚌壳里连续植入十来个软体方块后，她把这个蚌壳放进一个篮子里。然后，俩姑娘又开始拿起另一个蚌壳重复这个程序。很明显，她们是通过这个做法刺激蚌壳，促使它产出珍珠。

正当我们为这个过程拍照时，我们的珍珠工厂之旅突然被中止了。作坊老板冲了进来，不客气地要我们和我们的司机出去。显然，这个过程被他认为是保密的。其实，这里面没有什么秘密可言。我们曾经看过一个纪录片电影，里面就有这个过程。这个作坊老板大概是缺乏安全感吧。

我们的司机带我们回到他的摩托车，但在他准备开车把我们拉回德清时，我问他村子里是否有别的地方我们可以去买点珍珠。于是他把我们带到了村里的市场。这是一个带顶棚的买卖市场，当地农民把他们的产品带到这里来出售。这天不逢集，市场里非常冷清。原来我们想也许会有人把自家生产的珍珠拿到这里来卖，但是我们失望了。我们很疑惑，为什么我们的司机要把我们带到这里来呢？但是他领着我们走到靠近市场的一家小店里，店主卖的正是珍珠项链。我们明白了为什么那个老板要轰我们出来——这里的所有珍珠都是那家珍珠厂生产的。那个老板可能是烦了一次次有人在那里闲逛。店主说，这家珍珠厂和别的厂达成一个协议，要把他们的珍珠通过加工后变成珠宝来卖。她说，当地人是不可能把未加工过的珍珠直接卖给外面人的。

但这个女店主不肯解释她是怎么从珍珠厂拿到货的。大概，是她偷偷地从工厂拿到的？或者是自己秘密生产的？不管怎样，我看中了一串很漂亮的粉色珍珠项链，而且价格也很合理，于是掏钱买下来作为送我太太的礼物。然后，我们回到了停车的地方，离开了雷甸镇。

# 第十八章

## 杭 州

我们回到德清火车站，取了背包，但是还有半个小时火车才来。为了打发时间，我们走进火车站附近的一家商店闲逛。在店里的商品中，有一样东西引起了我们的兴趣。那是一面小镜子，铝质的镜子背面刻着杭州著名的西湖风景。我们以单价三元人民币的价格买了十二面，准备回家后送朋友。一个半小时后，我们到达杭州，住进了杭州华侨饭店。从这家店里，可以瞭望真正的西湖。当马可·波罗公元 13 世纪来到杭州的时候，他描述杭州是世界上最美丽的城市。总的来说，我们认为苏州的传统魅力保持得更好。但即便如此，苏州仍然没法与杭州的西湖相提并论。

　　中国许多城市都有叫西湖的湖泊，但是杭州的西湖是它们中最著名的。这不仅是湖本身——它确实足够美的——而是和湖相关联的一些东西。在过去一千多年的时间里，大多数时候是杭州而不是北京，是中国的文化首都。这样的说法很多，但确实是真实的。几年前，我看了一系列的中国朝代地图，其注释显示了不同城市的平均人口中艺术家、诗人、政治家和知识分子的占比。根据这些地图的显示，从一千多年前的宋代开始，杭州产生的这些方面的人才比中国其他地区都高，并保持这种突出的地位直到三百年前的清朝时期，这之后才被北京所取代。有如此多的诗人和艺术家居住在这里，杭州的西湖不名闻天下才是件咄咄怪事呢！

　　起初，西湖不是现在这样的一个湖，而只是附近的钱塘江形成的潟湖。那时的潟湖有两个问题。第一，潟湖含盐量太高，以致水不能饮用。这种情况在干旱年代尤甚。第二，每年秋天的潮汛之时，钱塘江来势汹汹的涌潮排入潟湖，常常造成城市被淹。我们到杭州后看到的西湖和马可·波罗在公元 13 世纪看到的是一样的，都是从公元 9 世纪开始一代代地方官主持建造堤坝和水闸后的西湖的样貌。

　　因为时间已是午后，我们不想再做任何事，只愿意像别的游人一

西湖中漂流

样，在西湖边走走游游。附近有十几条船在我们的饭店门前等着像我们一样散步的游人。这是第一次，我们带了几瓶红葡萄酒在身上。因为我们很想像那些中国古代的诗人或艺术家一样泛舟江上，把酒赏景。说来也真够走运，我们在饭店的便利店里发现有三瓶马可·波罗卡百内葡萄酒正等待着我们。在旅途中我们喝了不少酒，但是马可·波罗卡百内是最最好的，而且它们的产地正是杭州！我们不知道这种酒的葡萄来自哪里，但是我们不关心这个问题。不幸的是，后来我们得知，这家葡萄酒企业倒闭了。发现了三瓶这样的酒，我们当然感到很惊喜。带着酒，我们随着游人群走到湖边，以每小时十八元的价格租下了一条小船，坐在可以防阳光和雨水的棚子下。

　　船夫站在船尾，用一条橹驱动着船前进，就像鱼儿摇动尾巴在水里游行一般。我们很吃惊它能让船行驶得很快，很平稳。我们把手浸进湖水里，观赏太阳光在水波上跳舞，并打开了第一瓶葡萄酒。我们问船夫是否能让我们试试摇橹，他说有规定，除了观赏风景外，游客不能操纵船只。

　　我们告诉船夫把我们送到湖南边的"小海岛"去。他听从了我们的安排，摇着橹朝那个方向行去。当马可·波罗 13 世纪来到西湖时，这里还没有这个岛。它是 17 世纪初叶疏浚湖底淤泥才堆砌成的小岛。这个岛上没有太多东西。中国人以这样的表述描绘它："从湖里看，有个岛；从岛上看，有个湖。"实际上，那里还有三个小湖或者叫水塘在岛中间。这是它自己围成的水塘，而不是像一条堤岸一样分割了湖水形成的。然而，这里最著名的景致，不是这三个水塘、亭子或者上面的曲桥。这个景致不在岛上。在一百米开外，有三个小小的石头塔立在水中，就像在太空中一样。以前，这里的晚上点着很多蜡烛，让它们看起来就像漂浮在世界上的幽灵。

　　我们的船夫把船靠上岛后，我们下了船，沿着曲折的桥走到对岸，然后回到我们像滑行的轿子一样的船上，朝湖北边的一个岛划去。与此同时，我们打开了第二瓶酒。第二个小岛叫"湖心亭"，除了亭子外还有一个小茶馆。就像小海岛一样，它也是湖里的淤泥堆积成的。尽管它不大，但是晚上有音乐演出，观众由几船游客组成。当船接近那里时，我们告诉船工不要靠岸，继续划行。除了在湖上荡舟和享受我们的葡萄酒外，我们不想做别的任何事情。就这样在湖上一直待到日头西沉。船工说到下班的时候了，就把船朝着我们上船的地方划。他解释说游船不允许在太阳落山后还继续待在水上，只有送游客去湖心亭听音乐的船才可以。

一下午在湖上的时间，我们喝光了三瓶葡萄酒中的两瓶。上岸后走在街头，我们感觉自己好像还在船上。我不知道我们下午划行了多长的距离，但是我们终于意识到自己需要进食！很走运，我认出了我很喜爱的一个标志：狗不理。这是一家总部位于天津的连锁餐厅，以其包子而闻名全中国。他们的包子是很好吃，但我们觉得比不上在湖州吃的包子。我们还点了一瓶长城红葡萄酒佐餐，但是它的味道不如马可·波罗卡百内，幸好，我们还有一瓶在饭店里等着我们呢。

这天我们倒在床上的时候都很兴奋，因为终于感受到了西湖的魅力。

第二天一早，我们起床后走出饭店，沿着门前的步道散步。在雾中西湖看起来另有一种可爱。它如此平静，水面平整得就像玻璃。我们前一天已经在湖里游过了，但还没有在岸上好好看看风景。我们返回饭店，做了件以前没有做过的事：租自行车。我们仨跨上车，往前骑行。我们的饭店靠西湖的东北角，所以那里就是我们的出发点。骑到西边后，我们离开了主路，环绕着湖边骑上了白堤，沿着白堤骑往孤山岛方向。白堤是以公元 9 世纪诗人白居易的姓氏命名的。他那时是这座城市的行政主官。正是白居易制定了洪水控制的方案，以后才逐渐形成了西湖。所以，很自然地，杭州的市民们以他的姓氏命名大堤，作为对他的永久纪念。至今，这个堤上还承载着小车、自行车和行人组成的洪流。

在一个地方，白堤连上了一个岛，我们转弯离开主路，上了一条为行人和自行车保留的小路。当我们骑到岛的北边时，发现身边的人和车都少了。似乎每个人都很喜欢岛南岸的风光——那里有省图书馆、省博物馆和著名的楼外楼餐厅。我们则更喜欢一个把岛当作自己家的人。一分钟后，我们到了他的坟墓。他的名字叫林和靖，公元 11 世纪初叶生活在这个岛上。事实上，在他生命的最后二十年，他从来没有离开过这个岛。他既没有结婚，也没有孩子。他说他的妻子就是李子树，而他的孩子就是鹤。他的住所被三百株他的"妻子"包围着；他训练他的"孩子"跳舞。其中一个"孩子"，他尤其喜欢。当他去世后，这只鹤悲鸣不已，最后也死去了。他的墓附近有一个亭子，就是为纪念他和鹤的友谊而建。

在他的墓前向他致敬后，我们继续骑行。雾在开始散去，太阳的光芒照亮了大地。在通过连接湖岸的桥前，我们调转了方向，沿着岛的南岸，骑到了一座拱门前，西泠印社到了。

中国人雕刻自己的名字在石头或金属或骨头上的历史已经有四千多年了。对他们来说没有什么财产比自己的印章更重要了。一封文书如果没有印章就显得不正式。签名当然很好，但是还不够郑重。只有盖上了印章才有法律意义。所以很自然的，设计一枚印章是人们非常重视的一件事。尤其是艺术家，他们在不同的人生阶段有不同的印章，有的多达十枚甚至更多。

西泠印社是在 20 世纪 20 年代由四个醉心于研究和传承印章雕刻艺术的人发起成立的。他们显然在西湖鼓山挑了个最好的环境。停好我们的自行车后，我们穿过拱门，走上台阶，走进了他们当初挑选的印社地址。除了花园环境外，这里还拥有一批中国的印章收藏极品，光陈列出来的就有几百枚。这些印章艺术品是震撼人心的，我们不得不克制住我们的惊喜。这些艺术品要让汉字的结构适应石头的形状。但是一块方形的石头同样也面临挑战，因为成百上千年的书写变化，让汉字也有了多种字体写法。于是，雕刻师不得不在这些不同的书写字体间选择，以便让印章上的人名组成一个和谐的整体。当然啦，这里有各种不同大小和形状的印章石料，只要买石料后再付些加工费，雕刻师就可以为参观者刻出他们自己的印章来。但是一个雕刻大师通常要花上好些天甚至好几周来构思印章的设计。不过我可不愿意出现一方刻着"比尔"的印章。[1]

我们重新骑上自行车，跨过西泠桥，又汇入了环绕西湖北岸的主路。一百多米后，我们在杭州最著名的祠堂前刹住了车。这里是公元13世纪为纪念岳飞而修建的建筑。公元12世纪中国北部遭受北方游牧民族侵略，宋朝王室被迫逃离其首都开封，在杭州建立了都城。那时岳飞还是个孩童。当他长成一个年轻后生后，他组织了一支农民队伍抗击侵略者。后来他率领的军队甚至把侵略者的军队赶过了黄河。而南宋王朝这时变得害怕岳飞的意图，并且在后来杀害了他。这以后，岳飞收回的领土很快又丧失殆尽。

我们走进祠堂后，看到岳飞塑像前还有四个人的跪像。这四个人是杀害岳飞的责任人，他们跪在这里是表示请求岳飞饶恕。这里的工作人员告诉我们，这四个塑像换了好几次，因为有时候参观者出于愤怒而损坏了它们。现在塑像前立有一块提示牌，要求人们不要再这么做。

我们又一次骑上自行车，骑行了好几公里后，来到了灵隐寺的大门口。这座寺庙位于一座西湖边的小山山脚下，无疑，它是杭州最著名的寺庙。停好自行车，买了票，我们来到一座雕刻了数百个佛和菩萨像的崖壁。一个14世纪来自印度的和尚觉得这里非常像印度的一座山，所以他把这座山称为"飞来峰"。这些像是在13—14世纪期间雕刻的，保存状态完好。这得感谢周恩来，"文革"期间是他命令红卫兵必须离开灵隐寺。这些崖壁造像的焦点是大肚子弥勒佛。就在那里，等着爬到弥勒佛旁边照相的人排成了队。这个情景让我们想起了圣诞节期间在圣诞老人商店里那些任性的孩子。

我们也排在队伍里等着祈祷弥勒佛让我们更聪明些。然后，我们走进了庙里。灵隐寺真是名副其实。这里边的什么东西都显得大气。但在这座予人深刻印象的庙里最让人难忘的是大雄宝殿前的一对宝塔和殿里的佛像。这两座宝塔历经千年烽火而依旧矗立在这里，而殿里

---

[1] 作者的名字Bill在英文中有账单的意思，所以借此幽默。——译者注

的佛像则是 1956 年才建造的。这是用樟木雕成的中国最大木雕坐佛像，让人看后难以忘怀。但是值得引起注意的一点是，它是在毛泽东的"大跃进"时期完成的。我们不禁好奇那期间关于这尊大佛的建造会发生些什么。灵隐寺里肯定有人与此有关。

在宝塔和佛像前的仰望，让我们的脖子都酸疼了。于是我们回到了停自行车的地方并考虑我们的下一站。我们可以乘缆车上到山峰去俯瞰西湖全景，但是我们决定还是依靠我们的自行车。我们踏着车朝着湖边的方向而去，在半道上转弯骑上了龙井路。我估计我们在龙井路上一定骑了有五六公里，其中有一半都是上坡路。但是我们决心要看看这个中国最著名的绿茶的故乡。

就在快要到那里的路上，我们停下车来歇气时，遇上了当地的一个叫徐舜富的茶农。他提出带我们去看那口让这里的茶叶变得如此有名的井。那口井并不难找到，即使我们自己也能找到。但是徐先生想让我们看到这口井最不寻常的特征：当他搅动井里的水，一条线就出现在水的表面，绕着井口跳跃着，好一会儿才消失。我们全都迷惑不解。徐先生解释说，这井里的水混合了井水和附近的溪水，这两种水由于有不同的黏性而形成了我们刚才看到的现象。不过这个说法解释了眼前这口井的神秘现象，却没有解释这口井水后面那些茶树的神秘。

徐先生预料到我们会提出这个问题。他让我们随着他到附近的一户邻居家里，这才向我们透露龙井茶的秘密。别的茶，他说，每隔几个月就采一次，但是龙井的茶树，每年只采两次，分别在春季和秋季。别的茶采摘的叶片较多，而他们只采摘茶树的一到两片刚刚打开的嫩芽。其他的茶采摘下来后被放到太阳下晒（即使是短暂的），采摘下来的龙井茶则直接进入炭火烘干的程序，第一次是五十分钟，然后是二十七分钟，最后是十八分钟。这道程序我们在他的邻居家亲眼看到了。但是龙井茶的特殊味道，他说，并不在于烘干程序，而是在于这里的土壤。这里山坡上的土壤都是沙性的，对水的渗透较快，不会因为土壤过于潮湿而影响茶树的品质。一般茶没有这个条件，其滋味，他说来自于阳光。

灵隐寺外的石雕佛像

然后徐先生把我们带回他家，并为我们泡茶喝。他说龙井茶一千三百年前就有了，那时还把它作为治疗白内障的一种药物。因为它能使人明目。喝龙井茶治疗白内障对我们来说我们还太年轻，但是对于解渴和明目来说，却没有年龄之分！他说，他给我们喝的龙井茶来自于当年春天采摘的茶叶，而秋天采摘的茶叶和春天的还是有细微的差别。我们对喝的龙井茶第一印象是有一丝苦味，但很快就有了芳香的感觉，最后，我们的渴欲消失了。他往我们的杯子里冲了几次水，我们在那里一直喝到茶味消失。值得说一句的是他一点都没有要卖茶给我们的意图，而仅仅是和我们分享关于龙井茶的知识。我们很高兴遇上这样的人。

　　我们谢谢了徐先生的善意，精神焕发地朝着湖边骑行。幸运的是，路都是下坡路或者平路。在到达湖边的路上时，我们在一个复建的庙前停了下来。它的庙名是净慈寺。我们停好车，走到了大门口，吃惊地看到整个院子堆着大量的原木。我们不知道这些木头是从哪里来的，同样让我们感到吃惊的是全部的工人都用的是手工工具——铅垂线、水平仪、直角尺、木槌和手锯。我们没有看到一件电力工具或一根铁钉。

　　但是我们在这里停下来的原因不是为了看木匠们的工作，而是因为这里是一千年前杭州最著名的寺庙，甚至比灵隐寺的名气还大。在几百年前，这里曾是许多著名和尚的家，他们中最著名的是济公，他八百年前就住在这里。

　　在中国佛教的历史中，没有一个和尚像他一样成为如此众多的故事和传奇中的主角。其贯穿全部故事中的形象是撒野、疯癫，不时抿一小口酒，但却成为那些在世界上无依无靠的可怜之人的保护神。我们认为他一直在暗中保佑着我们。在寺里的小商店中，我们买了件他的形象木偶。只要一提绳子，他就会举起他装酒的葫芦来。他是我们的新朋友，然而是最好的朋友。

　　这座济公曾在这里举起酒杯的寺庙位于两座山之间。南边的一座是当年杭州作为首都时皇帝祭天的地方，但北边的一座更有意思。这

龙井泉

座山被叫作夕照山，当年雷峰塔的塔址就在这里，传说在塔下就关着美丽的白蛇娘子。

这个故事是这样的：从前有一个英俊的后生爱上了一个身穿白衣服的女子。但是这个女子却是条能呼风唤雨的白蛇，她想生活在人类的世界里。最后，这个年轻人发现了他所爱的人的真实面目，一个和尚想要把他从蛇的魅惑中拯救出来。然后，蛇与和尚的战斗就开始了。这个故事变成了中国非常有名的戏剧：《白蛇传》。根据这个故事，那个和尚最终将白蛇关在了雷峰塔的塔基下。而她注定要一直困在那里，除非西湖水干，或者钱塘潮不再来，或者是雷峰塔倒掉。还别说，雷峰塔真的在 1924 年倒掉了。我不知道这个白娘子现在是否已经自由地生活在我们人类中间，但是万一她真的还在那堆废墟中可就糟了。根据净慈寺和尚的介绍，雷峰塔要准备重建了！

因为日程排得很紧，我们不敢久留，便最后一次骑上自行车，朝着我们所住的酒店方向返回。就像苏州一样，杭州有足够多的景点值得让旅游者逗留至少一周，但那天是我们剩下的所有时间。我们归还了自行车，然后去吃晚饭。因为这是在杭州的最后一个晚上，我们不再理会狗不理包子，而是选择了杭州最老的一家餐厅，魁元馆。在那里，我们用虾爆鳝面填饱了自己。那里的面条真是美味，是我们一路走来所吃过的最好的面条。我们余兴未尽。在回饭店的路上，我们从一家卖酒的商店里发现了两瓶马可·波罗卡百内葡萄酒，便全买了下来。几分钟后，我们坐在了西湖岸边，对着亘古不变的月亮，沉浸在对千百年往事的遐想中，并喝完了两瓶葡萄酒。我们很疑惑，要是这里没有月亮，没有酒，那么诗人会在哪里呢？

# 第十九章

## 绍 兴

杭州很像苏州。它们都是那种总有很多东西可看的城市。但是为了看更多的景点我们需要更多的时间，而我们没有时间了。我们正在等待去下一站，它是个甚至比杭州还古老的城市，那就是绍兴。它位于杭州以东仅仅五十多公里，我们在第二天一早乘 9 点的长途车去那里。

到绍兴后，我们走出汽车站，坐上了一辆机动三轮车并告诉师傅把我们送到绍兴饭店。我们的旅行已接近尾声，但一路的花费比预想的要省，所以决定再放纵自己一下。我们很高兴自己这么做了。在吵吵嚷嚷、令人生厌的市区环境里，这家饭店建在一个可爱和安静的小岛上，而且一个可以看到花园景色的房间才收一百五十元的房费。不过我们到那里可不是为了在饭店里打发时光，而是冲着这个城市的名胜而来。

我们没有浪费一点时间。一进到自己的房间，我们就立即放下背包，然后来到大街上，租了辆机动三轮车直奔会稽山。会稽山位于市区东南约四公里的郊区，没用多久我们就到了那里。我们到那里是为了向大禹致敬，因为那里是他的葬身之所。

大禹比我们先到会稽山四千三百年。他是终于想出了办法治理黄河泛滥的人。一改他的前任修建堤坝围堵洪水的做法，他疏浚河道，顺势而为，终于解决了水患问题。他还是中国第一个朝代夏的建立者。直到几十年前，还有历史学家认为夏朝是个神话，但是后来在黄河中游地区的考古发现消除了这些怀疑。夏朝是真实存在过的，那么大禹也是真实存在过的。

他离开黄河中游到这么远的南方来，是为了会见一个新近归顺中原文化的地区首领。但是到这里后他却病逝了。他的坟墓的确切位置现在无人知晓，但是肯定就在会稽山上的什么地方。在过去的历史中，许多皇帝到这里来表达他们对大禹的敬意，因此，许多庙宇也在山脚

大禹陵纪念碑

下建了起来。我们参观了其中最新的一个，并观看了有一个洞穴的巨大岩石。相传这个洞是大禹来这里后凿出来的，但是没有人知道他为什么这样做。这个洞让我们想起了月亮。这个岩石山洞的外形就像是他的脸。

这个岩石山洞的外形还像我们的胃。我们着实饿了，于是便乘另一辆机动三轮车回到了饭店吃午饭。饭后，我们步行来到饭店后面的一座小山，它叫府山。这座山多多少少和大禹有关联。随着中国神话般的过去变成了历史上的过去，绍兴也成了古代越国的首都。其统治者还是大禹妻子娘家人的后裔。当年为了换取他的姻亲们的忠诚，大禹把绍兴这片区域给了他们作为封地。大约在公元前 500 年前，勾践成了越国的国王，并最后统治了整个江南地区。他的王宫就在我们脚下的府山。但是我们目光所及，除了野草和树木，没有其他任何遗迹。现在这座小山是个公园，而且是个还挺不错的公园。从府山顶上我们把整个城市尽收眼底，但却是让人泄气的全景。

但是我们的目光里还有别的地方。勾践也发现在绍兴市区的生活很不开心，他建了座园子在市区西南十三公里外的地方。在这里除了其他能让他愉悦的东西外，他还喜欢种兰花。兰花是早没有了，但是还有别的引起我们兴趣的事。于是，我们走下小山，租了辆机动三轮车直奔那里。半个小时后，我们到达了兰亭。

除了池塘、亭子和纪念中国最伟大的书法家的祠堂，里面还有中国唯一的书法博物馆。中国人欣赏书法的兴趣总是浓于欣赏绘画。我们走了进去。书法能显示一个人的性格，因为一个人创作书法时心无旁骛，聚精会神。笔尖挥洒在纸上，就像一个人在地上跳舞。这是中国最伟大的艺术。当然啰，这个博物馆里的书法展品中包括了中国最伟大的书法家的最伟大作品。

这个最伟大的书法家就是王羲之（303—361）。公元 353 年阴历三月初三，他和他的四十来个朋友来到兰亭。那天是中国的一个节日，人们为了摆脱一冬的秽物邪气，要在清溪里洗浴，然后饮酒。如今，中国人把这一天作为扫墓祭祖的日子，称为清明节。但是它最早根源

兰 亭

于与精神世界的联系，认为需要通过某种仪式来净化自己的内心，不用说了，饮酒。出于这样崇高的目的，王羲之和他的朋友们来到兰亭饮酒，并用诗意的沉思来和自己的心灵沟通。他们坐在一条蜿蜒的小溪边上，玩起了四百年前兴起于古都长安附近曲江的游戏。

规则很简单：每个人都沿着小溪坐着，身边备好了纸和笔墨。一个装着酒的酒杯被置于人们上游的水中，顺溪流而下，酒杯停在谁面前或在谁面前打转，谁就得端起杯子一饮而尽，并赋诗一首。在兰亭的这次曲水流觞游戏中，四十一位参与者写出了三十七首诗。当这些诗被汇集起来，众人要求王羲之写一个前言。这就是中国最美的一件书法作品诞生的背景，而王羲之至今仍被尊崇为中国最伟大的书法家。

他的序言由三百二十四个汉字组成，大约是在半小时内完成的。即使是王羲之本人也意识到这是他书法作品中的上佳之作，于是，这件作品成为珍藏的传家宝，一代传给一代，直到唐朝建立，一共传了七代人。唐朝皇帝唐太宗是个王羲之书法作品的收藏爱好者，他一定要得到《兰亭序》。他的臣下知道了这件作品在谁手里后，就用酒把收藏者给灌醉，然后把这件作品偷走，献给了皇帝。《兰亭序》被皇帝视为珍宝，他临终前，命令把王羲之的书法作品随葬在他身边。这就是传说的这件作品的最终下落，有待皇帝陵墓的发掘才能证实。有幸的是，在《兰亭序》消失前，一大批摹本已经产生，至今在兰亭里都有销售。但是如此可爱的园子里，却没有人在这里举杯饮酒，唉，真是遗憾。

我们感觉到饿了。我们回到市区想找个地方解决肚皮危机。几分钟后，我们在所住饭店北门五十米外的地方发现了家餐馆，叫苑林，这里让人感觉很好。老板在户外支了张桌子，这样我们就能在毗连着一家公园的地方用餐了。随后，老板端上来饭菜。栗子茴香的味道让我们一吃就难忘。随后上的菜是绍兴著名的黄酒烧鲤鱼。在睡觉前，我们决心第二天一早在街头寻找绍兴酒。

第二天早晨，我们在街上没走多远，还真的找着了！这个城市的酿酒者在两千五百年前就造出了美味的米酒。当勾践想要激励他的军队时，他让人把桶装的米酒倒进清溪里，然后命令他的士兵从溪里舀出来喝。随后，他命令他们向北前进，打败临近的以苏州为中心的一个国家，吴国。当时苏州也生产这种米酒，但没有绍兴的名气大，第一个到中国的西方人也没有提到。在弗利亚·奥多利克于 14 世纪初叶对中央王国的访问后，他告诉他的意大利同胞，绍兴酒就像西班牙雪莉酒一样好喝。我们不愿让他独占鳌头，便雇了个向导，第二天早上 9 点钟，追随着奥多利克的脚步走进了绍兴老酒酿造厂。

导游为我们每人倒了一杯厂家生产的琥珀色的酒液，并为我们介绍了这种酒的生产过程。首先，得有所需要的水。只有附近鉴湖中高矿物质含量的水才合格。然后是临近省份江苏的优质糯米和华北平原的优质小米。鉴湖的水和这两种粮食混合后，要发酵两次。第一次持续时间为一周，第二次则要超过一个月。随后，发酵后的糊糊进入挤压过程。得到的酒液要经过巴氏消毒，然后被封装进陶罐十年以上。我们的导游又为我们续了一杯酒，并解释说绍兴酒对健康来说是个好东西，其中包含了二十一种氨基酸。她没有说这些氨基酸如何能够在加热杀毒的过程中存留下来，不过我们也不在意这一点。

这家酒厂，她说，年产四万三千吨黄酒。其中的百分之六十销往日本。绍兴黄酒是亚洲其他著名黄酒和日本清酒的故乡。不像日本清酒因为包含了少许的黄色而有些发暗，绍兴黄酒是介于琥珀色到红色之间。它的色泽和味道依据糯米和小米的配比而不同。这种配比变化产生四个类别的酒，从干度到甜度都不一样。让我们分别品尝了这四种酒的不同味道后，我们的导游解释说绍兴黄酒的名气不仅是其色泽和口味，还包括了其药用价值：它能刺激食欲，让肌肉松弛，刺激血液循环，从而延长人的寿命。总之，好处多多，除了衣服可能会沾染上些酒痕外。但是你们必须要喝，她说道，每天！这听起来就像是我们必须遵循的药方。我们出门前买了足够的黄酒，以延长我们的生命，至少一周吧。

我们有些晕乎地飘往我们下一个目的地：城市南边的一个小小的园子，沈园。那里曾经是当地诗人们最喜欢的聚会之地。他们当中最著名的一个，是 12 世纪的诗人陆游（1125—1210）。绍兴市的每一个

绍兴酒缸

人都知道陆游是怎么跟他表妹唐婉结婚，然后又是怎么迫于不喜欢这个儿媳的母亲的压力而离婚的故事。后来，他和他的表妹都再婚了。但是多年后，他们又在沈园邂逅了。分别后，他们都填写了凄婉的词。陆游的一首就题在沈园的墙上。人们说，唐婉因为悲伤过度，就在他们重逢的第二年去世了。现在游人们还能在园子里的纪念墙上读到他俩填的词。我读过陆游的诗，这首词他是按《钗头凤》词牌填写的。

> 红酥手。黄縢酒。满城春色宫墙柳。东风恶。欢情薄。一怀愁绪，几年离索。错错错。
>
> 春如旧。人空瘦。泪痕红浥鲛绡透。桃花落。闲池阁。山盟虽在，锦书难托。莫莫莫。

这是个美丽的园子，可一想到这里就是上演了那出悲剧的园子，游览的兴致立即就消减了许多。我们离开这里，步行了几条街，去往一个与中国现代作家有关联的地方，那就是鲁迅故居。鲁迅1881年出生并生长在这里，他成长的那所宅子还在那里，并且被保持得原封原样，像什么时候他还会回来似的。家具也是当年的老旧式样，甚至那个被他写在令人难忘的文章中的百草园也还在。他的故居旁边就是他的纪念馆，也是人们前来向他表达敬意的地方。毛泽东把鲁迅称作中国最伟大的革命作家。展览当然强调了他的左翼立场和同情革命的态度，但很难说他是个革命者。尽管如此，他鼓舞了革命者。我们还参观了离他的家只有一条街的"三味书屋"，即鲁迅孩童时代就读过的小小的私塾。我们还能看到他用过的旧书桌，以及他刻在上面的一个汉字"早"。这样做是他提醒自己不要迟到。

鲁迅故居游的最后一站是旧时很繁荣的咸亨酒店。这也是他的故事中提到过的场所，他的一个亲戚还曾经管理过这家餐厅。它就位于鲁迅故居这条街上。在这里享用一顿迟到的午餐还是个不错的选择。我们点了所有的特色菜：茴香豆、酱鸭、醉虾菇，当然了，还有"老酒"！在我们了解它前，下午已经过去一半，所以我们得喝点。但是我们没有喝太多。

饭后，我们在街头拦了一辆机动三轮车，让师傅拉我们去绍兴最新的景点东湖。这里是一处新的湖泊。两千年前，东湖所在的地方是一处连接运河的采石场。两百年前，地方当局建了一道坝，隔开了采石场和运河，但是他们继续允许运河水通过一连串的水闸穿过采石场。湖泊里的水超过两米深，但是这里的环境很美，如果在这里举行野餐那真是太棒了。不幸的是，那天我们去得太迟了。事实上，我们到达的时候已经临近闭园时间了。但我们还是登上了一条又长又窄的绍兴有名的乌篷船。船工撑着船，把我们带进了一连串的峡谷，曲折迂回地进入了采石场一百多米。在那里我们产生了一种奇怪的感觉，有几分像是漂浮着穿过顶部开着口的山洞。我们应该早点来，或者这个公园应该推迟点闭园的时间。当天色最后暗得都分不清水和岩石时，我们不得不在刚来仅仅一个小时后离开了。无事可做，只得回到酒店，然后又到苑林餐厅吃了另一顿难忘的晚餐。再然后，就是回酒店睡觉。绍兴是我们到过的最吵闹和令人烦心的城市之一。但是谢谢绍兴酒，我们简直对它着了迷。

东湖采石场

# 第二十章

## 天台山

我们睡觉前没有感觉到有什么不对劲，但是第二天早上我们感觉到了。尽管绍兴黄酒有着利于健康的美誉，但它毕竟还是酒。我们起床时动作慢腾腾的，但至少我们起来了。至少我们还来到了汽车站。我们又一次要进山，这次要进的是天台山。一登上长途车，我们就瘫坐在位子上三个小时——至少我们到了天台县。我们又乘坐了机动三轮车从大山前往目的地。若论中国的名山，天台山为人所知比较晚。直到4世纪中叶一个叫孙绰的人到了这里，并写了一篇《游天台山赋》后，中国的文化人才对它有所了解。但是，它真正的名声大噪要等到6世纪末期智颢和尚的到来。

在旅行的开始阶段，我们曾访问过衡山，在那里我们简要地提到过智颢。他在衡山师从慧思修炼佛法。正是慧思把衡山变成了僧众们修行的一个中心，而在那以前，那里是一座道教名山。他的徒弟智颢在天台山做出了相同的贡献。在天台山智颢所修建的众多庙宇中，最著名的一座叫国清寺，是由隋朝的开国皇帝捐资修造的。这座寺庙位于山脚下，我们让司机把我们拉到那里。国清寺也是寒山和尚没在洞里打坐时居住的地方。五分钟后我们到达那里，门却关闭着。这座庙重建了多次，但它前面的那段拒止鬼怪的墙仍然是原来的。一千二百年前寒山在他的诗作中曾提到它。墙上千百年来的刻画痕迹没了，但墙本身还好好地立在那里。那座叫丰干的桥也是旧迹。丰干是一个和尚的名字，他以特立独行的个性而闻名。传说他曾在某天骑着老虎进了寺院。任何向他请教的人只会得到两个字的回答："随意。"他留下四首诗，其中一首是这样写的：

余自来天台，凡经几万回。一身如云水，悠悠任去来。

逍遥绝无闹，忘机隆佛道。世间歧路心，众生多烦恼。

有一天，丰干正在附近的山坡上散步，突然发现小路边有个被抛弃的小男孩。他把男孩抱起来，给他起名叫"拾得"，后来让他到寺院的厨房里去打杂。若干年后，中国三个最著名的和尚中的另一个也出现在了这里。很显然，由于在"安史之乱"中他站错了队，所以一直隐姓埋名。没有人知道他的真实姓名。当他走出山洞，也不再住在国清寺时，他自称为寒山。

丰干、拾得和寒山是行进在队伍里的不同鼓手。在国清寺里，他们扰动了僧侣们，也扰动了香客们。不过，他们的扰动是完全无害的，通常局限于他们写在墙上、树上或者任何路人能看得到的地方的诗句中。其中，拾得有一首诗这样写道：

> 闲入天台洞，访人人不知。寒山为伴侣，松下啖灵芝。
>
> 每谈今古事，嗟见世愚痴。个个入地狱，早晚出头时。

我们希望见到这个三重唱的和尚组合的遗迹，至少能向他们表示尊敬。我们还打算把国清寺作为我们游天台山的基地。过了丰干桥和庙里的拒鬼墙后，我们进了门，并打听客堂的位置。很快地，我们到了那里，见到了客堂管事人。这次，我用不着卷袖子。我们说想在这里住一两个晚上后，管事人便让他的助手领我们去房间了。很容易！这个助手又把我们转交给一个管房间的女信徒。她把我们带到庙后面一个很舒适的房间。房间里所有的家具都是红木的，或者至少看起来像红木。我们放下了背包，然后开始参观寺院。

国清寺是我们到过的最老和保护得最好的寺院之一，院子很大，大雄宝殿很古老。甚至连这里的树也很古老，其中包括千年树龄的银杏、洋槐和一株李子树。管客房的女信徒为了确信我们能够看到李子树，亲自带我们游览。这株李子树是一千四百年前智颚亲手所栽，据说每年春天还照样繁花似锦。

智颚的真正贡献要比修建寺院和栽种李子树这种事大得多。他创建了佛教的不同宗派。这个宗派比其他宗派更折中，承认释迦牟尼在他生命的不同时期创立的表面矛盾的教义都是真理，认为那是佛祖为了满足不同信徒的需要而致的情形。就他自己的教义而言，智颚和他

丰干桥和隋代古墙

的继承人强调，在佛祖的心中，各个生命的各种思想是没有什么不同的。人的日常生活就是宗教生活的必要基础。智颛圆寂两百多年后，天台宗的第九代传承人在这方面甚至走得更远。他宣称，佛的本性，转变为教化的能力，不仅是对所有生命体，而且还包括了山川河流。他甚至还可以加上寺庙里的李子树。

尽管它的修行方法是如此的公开，但是天台宗在中国始终没有吸引到众多的信徒。幸好日本和朝鲜的僧侣对它同等强调信仰和冥想的教义印象深刻，并在唐宋时期把它传回了本国，否则天台宗的僧侣们大约会感到失望。

穿过寺院的院子，我们走出了大门，经过了拒鬼墙，再次跨过丰干桥，沿着主路边上的一条小路走进树林，来到了安葬着8世纪的和尚一行的舍利塔前。根据流传下来的他所写的东西，一行在中国和日本都被认为是密宗的元老级宗师。但更为著名的是，他实际上还是个天文学家。他甚至还被皇帝任命为新历法的创建者。他在南到越南、北至西伯利亚的地方都设立了天文观测点。作为一个头脑开明的学者，他走遍了全国，虚心地向内行讨教。在某个时段，他来到了国清寺。当他走进国清寺，经过一个开着门的房间门口时，听到里面传来噼里啪啦的拨动算盘珠子的声音时，他对这个和尚的数学能力留下了很深的印象。在新历法完成前，他跟这个和尚在一起学习和切磋了好些年。一行后来在国清寺圆寂，被埋葬在寺院附近的这处小山坡上。

我们祭奠了他以后，往上爬到了隋代建的宝塔旁边。这是游人到山脚下后会看到的第一个建筑。它建于7世纪初叶，国清寺落成后不久。塔有六十米高，不容易被游人错过。但我们不知道谁的遗骸葬在里面。太阳开始下山了，我们连忙赶回了庙里。我们做得很正确，正赶上庙里晚餐的时间。用完斋饭后，我们同一位住在庙里也是管理客房的男居士聊了起来。这里的人们叫他方居士。我们问他能不能为我们订一辆三轮摩托车，因为我们想在第二天跑两处地方。一处在山上，一处更远。他说他会帮助我们。他确实这么做了。

第二天一早，真的有一辆三轮摩托车在庙外的停车场等着我们。

天台山上的宝塔

我们爬上了车。这天的计划安排得挺满，从大山开始，从智颛开始。从国清寺出发后，我们沿着主路上山，十五分钟后右转弯上了弯弯曲曲的坡路，终于来到了真觉寺。真觉寺是一个很小的庙，但它是朝圣小路上很重要的一站。智颛的干化遗骸就保存在这个寺里。我们走进去后，在保存着智颛遗骸的神龛前点着了几支香，却吃惊地发现自己是如此的孤单：除了一个看门的老和尚外，庙里别无他人。等到香火燃尽后，我们来到庙后的平台上，那里可以把整个大山一览无遗。天台山是很容易迷路的地方，有太多的山峰、山脊和深谷。

我们很高兴有人在这里修了路，使我们能够好好地利用它。十五分钟后，我们到达了这次上山朝圣的最后一站。这是中国最著名的瀑布之一，叫作石梁瀑布。

我们跳下车，靠近了想好好看看。在瀑布顶上，有两条溪流在这里汇合，在一个天然形成的岩石桥下方跌落到下面五十多米处的水潭里。在靠近那块岩石的地方，有限制性的障碍，但是在古代，有些大胆的游客为了试试他们的胆量和运气，越过障碍走上那块岩石。大明王朝的旅行家徐霞客（我们在无锡去过他的故乡和墓园）就越过了障碍，走上了岩石桥，从上面往下看瀑布飞流而下的情景，并在这里现场记录了他看到的情形。我们决定谨慎为妙。这块徐霞客和少数游客走过的岩石桥最宽处有一米，最窄处只有半米，长有十米，而且石桥被瀑布的水雾浸湿了后会很滑。我们很高兴自己拒绝了冒险的冲动——站在那里观看水流坠下去后砸在下面的岩石上的感觉就很好了。我们回到了三轮摩托车上，然后下山。这次我们经过了国清寺却不入，而是继续穿越天台山。我们的下一站是寒山洞。

同其他诗人把诗写在纸上或丝绸上然后抄送朋友不同，寒山把他的诗写在墙上或树上，任凭风吹雨打。9世纪初叶他消失后不久，一个地方法官收集了他的三百多首诗。1983年，我翻译出版了他的整本诗集。从那时起，我一直想来看看这个激发了他那么多诗意灵感的地方。

我们的三轮摩托载着我们回到了天台县，穿过县城直往北，上了去往绍兴和杭州的回头路。但两三公里后，我们拐向西边的科山汽车站，

去寒山洞的交通工具

沿着一条土路开进了乡村的原野。二十多分钟后，我们穿过了平桥镇。又一个二十多分钟，我们进了街头镇。在镇里走了一半，我们转向南面，沿着一条小溪穿过两座山的豁口，在山的一边，我们来到一座桥，桥边排列着好些正在晾晒它们翅膀的鸬鹚。

车驶过桥，随着道路往左边开，在崎岖的路上颠簸了几分钟后，停在了靠近一座架在小溪上的木板桥边。我们跳下车来，过了桥，走进了一个狭窄的沟壑。这地方叫明岩，是拾得和尚离开国清寺后居住的地方。我们跟着沟壑一直走到尽头，来到一连串巨大的岩洞跟前。据说两个岩洞之间的裂缝处就是寒山和拾得消失的地方。至少有这个故事。

寒山第一次想游历这个地方时，他写下了这样的诗：

> 欲向东岩去，于今无量年。昨来攀葛上，半路困风烟。
>
> 径窄衣难进，苔粘履不全。住兹丹桂下，且枕白云眠。

我们非常享受到达目的地后感觉到的轻松。然后我们点燃了香，插在两个怪和尚消失的石缝下方小小的神龛前。因为那里没有别的什么东西好看，我们回到了摩托车旁，朝着我们最后一个目标，也就是激发了寒山隐居念头的山洞出发。我们重新过了桥，鸬鹚还在那里晒羽毛。但是我们没有顺原路回溪头镇，而是向左转，沿着河边的一条路行驶。桥头的一块牌子显示这条河叫"始奉溪"。开了几公里后，我们进入了一个有十来间房子的小村庄，这里叫作"后岩村"。我们的司机想穿过这里上到主路上去，但是这里路两边的房子靠得如此之近，我们的车几乎开不过去。尽管非常困难，但总算通过了。出了村庄后，我们重新过了桥，然后上了不再有两条车辙印的道路。大约一公里后，我们来到了一个巨大的山岩前，它的下方有个洞。这个山岩被叫作寒岩，而下面的洞正是寒山所居住的寒山洞。

当我们跳下车，走上通往山洞的小路时，在附近山坡上干活儿的农夫都停下手里的活儿，想看看是谁到这穷乡僻壤来参观。他们正在或收玉米或采秋茶或挖红薯。我们向他们挥手，他们也挥手回应我们。

寒山洞

我们继续走向山坡的岩洞入口处。洞口朝南，正如我所猜想的那样，朝向太阳和月亮。在入口处，我们遇到了自封为看门人的叶先生。他说他在岩前村生活了一辈子。他指着岩前村的方向给我们看，就在我们来的路后方几百米远的地方，可是我们看到的是若干毫无生气的低矮房子。他说他是五年前搬到洞边来住的，因为他喜欢清静。我们随他走进洞里，在洞的后墙位置看到不知道什么人设立的一个神龛。这个洞很大，洞顶很高，在尘土覆盖的岩石地面上落满了蝙蝠粪。我们在神龛前点着了香。随后，叶先生领着我们回到了洞口。洞口旁边就是他修建的家，墙是砖砌的，但是没有房顶，借用了顶上的岩石作房顶。他请我们在房间里靠近桌子的木凳上坐了下来，然后忙着为我们烧水煮面条。我们还没有吃午饭，所以很高兴能有东西吃。他一边忙着做饭，一边告诉我们就在村民们收玉米的地方，那下面过去曾经有一个很大的庙，但现在早没了。也许当时红卫兵还留下了点什么，可是现在一点也看不到了。他说他和别的村民还不时地从那儿的地里挖出庙里的瓦片来。

我们已经饥肠辘辘，所以一碗面条正好救了急，尤其是面里还有红辣椒的味道。我们谢过叶先生，并偷偷地给他留了点钱，然后回到我们的三轮摩托车上，驶上了回国清寺的路。在路上，我在脑子里写下了一首诗：

> 坐在崖下的寒山洞外，
> 他的诗篇让我感慨万千。
> 锄头挖地的声响不绝，
> 僧侣的遗骸肥沃了农田。

寒山洞内部

# 第二十一章

## 宁 波

又去一个城市。我们的下一个目标是宁波。但是因为我们在途中还有一个地方要参观，所以不得不搭乘了一辆慢车。我们必须经过奉化，并在那里换车。终于，离开天台五个小时后，我们到达了溪口。在前面的旅行中，我们参观了毛泽东的故居，既然现在我们的旅行已经接近尾声，我们想顺道去看看另一道中国的政治光谱：蒋介石的故居。

蒋介石是 1887 年出生在这里的。他家的祖先可以追溯到 13 世纪第二十七代。从汽车站出来，我们沿着公路走进这个镇古色古香的区域里，经过了蒋家的宗祠。那是包括蒋介石在内的宗族中主要成员议事的地方。这个宗祠是 1986 年重建的。

现在蒋氏祠堂成了一座博物馆。但是除了一乘迎娶新娘的装饰精美的轿子和当地手工艺品外，没有太多东西可看。我们继续往前走。过了博物馆后，就是溪口最具观赏性的武岭门，这是进入老镇的标志。旁边一条路通往河边的岩石岬角，那上面建有两所可以眺望剡江的房子。第一所房子是 1924 年蒋介石为迎娶他第三任妻子宋美龄（在西方人中以"蒋夫人"而闻名）而修建的，不过现在我们看到的是后来修建的复制品。旁边的另一所房子是为蒋介石的长子蒋经国修建的。他于 1937 年和他的俄罗斯太太从莫斯科返回中国。具有讽刺性的是，他们的房子不应该与宋美龄的为邻。因为还在莫斯科时，蒋经国曾公开批评了他父亲所走的反对左派的政策道路，并且不满意他同自己的母亲离婚而迎娶孙中山的妻妹。不过这种难堪的局面没有持续太久，当两年后蒋经国归来时，他和他继母的房子已经一起被日本人炸成了碎片。

沿着大路再走上五十米，就是蒋介石的祖屋。这也是后来重建的。再走五十米，就到了蒋介石 1887 年出生的老屋。这是栋两层楼的房子。楼上的一层是蒋家居住的地方，下面一层是他祖父和父亲经营食

蒋介石溪口故居

盐生意的店铺。正是靠着家庭的食盐买卖,蒋介石才有了接受教育和早期从事政治活动的可能。

但比各种跟蒋家有关的建筑更有意思的是附近的小巷子。溪口是一个镇,这里的人们现在都还在从事乡村工艺品的制作。其中有些我们在溪口博物馆已经看过了。但那只是一小部分。既然已经看过在这里想看的东西,我们步行回到长途汽车站。取了行李,在等待开往宁波的汽车时,我们还吃了碗面条。一个小时后,我们离开了溪口。再一个小时后,我们到了宁波。

尽管现在宁波的风头已经被上海远远盖过了,但是在古代,宁波是中国东部沿海最大的港口,而那时候,上海还不过是个渔村。从东南亚过来的货船都要到宁波卸货,转装到能够在杭州湾和长江的浅水中航行的小一些的船上。船运业是宁波这个城市的血液,所以说到世界船运业的大亨是宁波人一点也不让人感到意外。他就是大名鼎鼎的包玉刚先生。

但是我们抵达宁波乘的是车而不是船。因为到那里天色已晚,所以我们急需找个住处。绝大多数接待外国人的宾馆都在汽车站的北边,所以我们没有步行很远。到好几家看起来不错的宾馆去问了问,但我们都被它们的高房价吓退了:平均价格达到了二百五十元人民币,那是五十美元一晚上呀!最后,终于幸运地在海员俱乐部谈妥了一个合理的价格,一百元人民币。我们告诉前台职员我们也是海员,但他没有要求我们出示证件。我猜想可能这里没有多少客人住店。

因为天已经黑下来了,所以我们一放下背包就去找吃的。旅途劳顿,我们已经疲劳不堪,所以决定就在宾馆的餐厅里吃饭。每次在宾馆餐厅吃饭都是一次赌博,但是这次我们中彩了。第一道菜是鱼排:它被紫菜裹起来蘸上面糊后油炸。然后是一道制作讲究的鹅肝肠:先得把它浸在茴香和绍兴黄酒中,然后蒸熟,油炸后切成薄片。菜做得非常精细,我们就着六瓶冰镇的绍兴啤酒把它们吃得精光。

这晚上我们没有像以往那样喝酒到深夜。这至少给了我们个机会来洗我们的衣服和考虑我们的行程。第二天早上,我们做好准备去观光。这几个地方就在我们宾馆北边几条街外。第一站是天一阁。我们已经游览过苏州的园林，并且认为它们很美。但是它们都是旅游点。包围着宁波天一阁的园子很快成了我们的最爱。我们发现自己是这座园子里的孤独游客，这也许因为天一阁不大为人所知，或者至少是它的园子不够著名。它的名气主要是因为其图书馆，是16世纪的一个官员开始兴建的。他建了一栋建筑来收藏他的图书，当然这组建筑还得有几个池塘和亭子。没用多久，这个地方就让苏州的园林蒙羞了。尽管如此，没有人谈起天一阁精彩的布局和建筑，他们只是谈论这里的书籍。

在某一时期，这里的图书超过了七万册，而且其中不少是已经绝版好几个世纪的善本。实际上，当清政府决定编撰一套里程碑似的标准化的文字著作——《四库全书》时，它的体例安排依据了天一阁图书馆建立起来的系统。朝廷还要求天一阁提供了很多已经绝版了的书籍的书名。经过了这么长的岁月，天一阁收藏的图书有了减少，尤其是近现代以来。然而，它仍然提供了唯一的机会让我们看到还有这么多古代印刷的书籍存留于这个世上，一个环境如此美丽的地方。

比起天一阁来，宁波没有别的什么地方让我们想看了。我们的兴趣投向了更远的城市的东边和西边。因为我们在住房上已经省下了不少钱，我们奢侈地叫了出租车，要司机拉我们去梁祝塚，即埋着中国的罗密欧和朱丽叶的墓地。那里不过十公里远，我们只用了二十分钟就到了。

小伙子的名字叫梁山伯，而姑娘的名字叫祝英台。他们是一千六百年前埋在那里的，那时正是匈奴人劫掠罗马之时。祝英台和绍兴的革命女英雄秋瑾有很多相像之处：讨厌陈规俗套的生活。祝英台打扮成一个男子，从宁波去杭州求学。在路上，她遇见了也是从宁波去杭州读书的梁山伯。两人同意一起上课。他们在一起度过了三年的求学生涯。然而祝英台一直保持着她的男性打扮。梁山伯一点也没有意识到他的好友竟然是个异性。

三年后，祝英台的父母要她回家去。她和梁山伯的分别为中国戏

天一阁

剧留下了脍炙人口的一幕。她一次次试图向梁山伯表明心迹，但是梁山伯一点都没有察觉到。直到几年后，当梁山伯到宁波探访祝英台时，这才发现原来他的同窗是个女人！于是，他立即向祝家求婚。但是他太迟了，祝英台的父母已经把她许配给别人了。梁山伯承受不了意外的打击，不久后死去。他的墓就在我们所站的位置。① 那以后不久，祝英台在出嫁的路上经过梁山伯的坟墓时，她要求轿夫停轿以祭奠梁山伯。她走到梁山伯的墓前，要求上天打开坟墓以让她随梁山伯而去。上天如她所愿。随后，一对蝴蝶从墓中飞出。这就是那个故事发生的地方。但是季节已过，我们看不到蝴蝶了，只好怏怏地打道回宁波。

我们回到市里后，要求司机继续送我们去另一个地方，那里离宁波也不太远。出宁波东面二十公里后，我们的车开到了阿育王寺的停车场。因为不确定我们会在那里待多久，我们和司机结了账，心想到需要时再找交通工具。

阿育是古代汉语对 Ashoka 的音译，是公元前 3 世纪印度孔雀王朝一个著名统治者的名字。在通过一系列血腥的战争统一了古印度后，阿育王转而信奉佛教。为了证明他的诚意，他命令在全国修建舍利塔，每一座塔里都供奉着佛教创始人释迦牟尼的遗迹。但在随后的几个世纪中，当外来的侵略者洗劫了印度次大陆后，绝大多数舍利塔都被捣毁或遗忘了。但是在大约公元 3 世纪末，一座舍利塔中的释迦牟尼舍利子被用船运到了中国，而宁波就是他们选定的中国东部城市中最合适的地方。于是，一座舍利塔就在这里建起来，以安放来自印度的释迦牟尼的舍利。

在这座舍利塔周围，不久就建起了寺庙。后来，佛的舍利子被转移到庙里妥善保管。每天都有成百上千的人来这里瞻仰一个镶嵌着宝石的水晶盒子里盛放着的舍利，也不知道这个寺庙是怎么保管这个镇庙之宝的。我们走进大雄宝殿亲眼瞻仰了舍利子，并随着其他香客燃香致敬。水晶盒子后面，是一尊释迦牟尼斜倚着的卧像，身上覆盖着

---

① 全国有很多地方声称是梁祝墓所在地，宁波仅是其中一处。——译者注

金黄色的丝绸，代表着他涅槃进入了天国。释迦牟尼涅槃后，他的肉身被火化，烧结后的舍利子和骨灰被分给八个王国。两百年后，阿育王又对佛的遗迹做了进一步的分配。非常幸运的是，宁波的阿育王寺得到的是佛的头盖骨上的一小片。这是一个美丽的寺院，位于一个美丽的环境中，甚至一个两层楼的现代酒店也不知怎么地建在了它旁边。大概是来上香的人中有一部分需要在这里过夜。

当我们和其他信众站在佛的舍利前时，我想起了第五章中提到的《金刚经》，其中有这样一件事：佛决定测试一下他的一个徒弟的智慧。他问须菩提："你能看见佛的肉身吗？"须菩提回道："不能，世尊。佛的肉身是看不到的。"佛道："无论什么事物都是一个空字。当你把有形之物视为无物时，你就看到佛了。"

我们对佛的无形的身体表达了敬意后，穿过迷宫般的庙殿和庭院，继续参观。在一个院子里，我们意外地遇到了一位叫恒岳的师父。他身穿高级僧侣的红、黄二色袍子，留着长长的白胡须，正站在一群徒弟当中。当他看见我们，便抓住了我的胳膊，说我们的胡子比他的还长，提议我们照张合影。我们同意了，并把我们的相机架到三脚架上，设置了自动摄影。就在我们等待快门工作之时，他的一个徒弟偷偷地想加入进来。恒岳一把把他推开了。完事后，他还嫌自己推那个徒弟不够狠。他说自从过完九十九岁生日后，已经明显感觉到虚弱了。然后，他走到那个徒弟面前又使劲推了一把，两个人都爆发出爽朗的大笑。

和他们分手后，我们收起了相机，走进了寺院为参观者开的一家素餐馆。菜单上的菜都是标准的大豆和面粉制作的，但吃起来的味道就像是肉一样。饭食虽然简单，但是很好吃。饭后，我们回到了公路上，但是我们没有回宁波，而是沿着公路走了一百多米，在拐弯处来到了通往天童寺的路边。这里有个公交站。三十分钟后，公交车来了，我们上了车。车是往山上开的，其间经过了一座宝塔。我们向一个乘客打听这座塔的情况，他说这座塔是唐代建造的，里面有一条大蟒的骨头。传说这条蛇吞了好几个村民，后来天童寺一个很有法力的和尚把鹅卵石变成蒸熟的包子引诱它吞下去，它才最终被击毙。一个小时

278

阿育王寺里的九十九岁高僧

天童寺

后，公交车把我们带到了两边松树夹道的通向寺院的路上。十五分钟后，我们走到了大门口。

天童寺始建于公元 300 年左右，大约与阿育王寺同一时期。但与阿育王寺香客众多的情况不一样，这里更注重成为僧侣们静心修炼的地方。事实上，它曾经是中国禅宗的五大禅院之一，寺里的僧众曾经达到数千人。

当然，我们在云居山已经参观过真如寺，它现在依然是一个香火很旺的禅宗寺院。但是全盛时期的天童寺在修行者中比它有名。许多日本著名的禅宗寺院里的大师来到中国后，也到这里来修行，例如道元和尚。禅院被满坡的松树三面围绕，虽然是老建筑，但整体看起来很有气势。

我们很费劲地在通向后面建筑群的廊道间找路。这里至今还有一组很精美的十八罗汉的造像。此前，我们还没有看到过一组如此传神的十八罗汉石头雕像。通常我们所看到的，都是木头的或是泥塑的。我们烧了香后离去。这次的参观全靠我们自己，没有奇佛这样的方丈给我们做导游，所以，我们不能很从容地参观。这个寺里有一百多个和尚，而大多数禅院都是禁止入内的，所以，在看了能够看的东西后，我们回到了松树夹道的寺外道路上，赶上了那天最后一班车返回宁波。我们的旅行几乎就结束了，只剩下了最后一天。

天童寺内部的走廊

# 第二十二章

## 普陀山

第二天，我们早上6点就起床了，并在7点前赶到了宁波小码头，买了7点半开往普陀山的船票。我们已经参观了九华山，发大愿的地藏王菩萨的道场。而普陀山是大慈大悲的观音的道场。中国香客的目的地中，普陀山是最受欢迎的。光看我们的船就知道这一点：人坐得满满的。

船离开港口了，乘客们靠着栏杆观景。在第一个小时里，我们沿着甬江巡游，经过了上百家工厂和防洪堤。最后，河水带着我们经过防海浪的大堤，进入了东海。船身突然开始剧烈颠簸，也惊了我们的白日梦。几分钟内，在甲板上栏杆附近的乘客有一半都开始呕吐。要不是那天早上我们什么都没吃，也会像他们一样狼狈的。还好，他们的呕吐没有持续很长时间。在波浪翻滚的海里行驶了大约十分钟后，我们的船向东转向，进入了内航道，这里风平浪静。我们正驶入舟山群岛。

普陀山是组成舟山群岛的一百多个岛屿中的一个。它不是唯一的每天都有船从宁波驶往的目的地。有好些比它大的岛屿都发展了旅游业。但是一千多年前普陀山就已经成为香客的圣地，现在仍然是。当然，现在上岛的人中包括了很多想找个地方放松一下、吸两口新鲜空气的旅游者。但是即使是这些旅游者都不知道到访这样一个地方的好处。

从《华严经》中可知，观音是非常开明的。他能够冲破感官的限制，看见声音。他的名字"观音"就意味着"看到声音"。至于他是真有其人，还是被虚构出来教导信众贯通不同的认识方法，就不得而知了。对佛的信众来说最重要的事是，欢迎他们进入极乐世界的是观音，因此预先领略未来的世界不是个坏主意，以便到达那里时得到所需要的特殊帮助。除了请求观音在来世的帮助外，信徒们来到普陀山许愿还为了得到他一点现世的垂怜。

至于观音和这个岛的关系起源，可以追溯到 9 世纪，并似乎与这个岛的位置相关。因为它是人们出远海前看到的最后一块陆地，归来时看到的第一块陆地。在 8—9 世纪期间，许多日本僧人来到中国学习佛教，包括佛教的净土宗。在净土宗里，观音的地位是显著突出的。而宁波就是他们来往中国的港口。有一次，一个日本僧人用船载着一尊观音塑像回日本，但是在普陀山海面船失事了。他又尝试了一次，再一次被海浪拍在普陀岛上。于是，他做了个结论：普陀山一定是观音的道场。公元 863 年，他建了第一座观音庙在岛上。不长的时间里，他的船两次在普陀山海面失事以及观音和这个岛的关系的故事传遍了整个中国。

　　我们自己的到来倒是没那么多事，除了先前因为海浪引起的颠簸外。但是我们没想到会行驶这么长的时间。从宁波到舟山不过一百多公里，但是我们花了五个多小时才到达。所以当船一靠岸，每个人都很高兴地踏上稳稳当当的陆地。

　　上岸后，我们走进港口客运站买了晚上去上海的船票，并把我们的背包存在了行李寄放处。我们第二天必须到达上海，所以只有半天的时间可以用来参观。在小码头外面，我们和其他香客一起登上了开往普济禅寺的旅游车。十分钟后，车到了。那里位于岛的另一侧。在走进寺里前，我们觉得有必要从乘船旅行的不适感中恢复一下，便走向附近的海滩。这里叫作百步沙。那里有几十个人在涉水或在沙滩上玩。但现在已经是 11 月的第一天了，水温低得已经不再适宜游泳了。我们走到沙滩的南端尽头，爬上伸向海里的岩石。我们发现一个很舒服的地点，伸开四肢躺下，享受深秋的阳光。在我们的前方，可以看到行进中的渔船抛下他们的网。我们的右边，可以看到一千多年前日本和尚在岛上修建的第一座观音庙。就在庙的下方，有一个洞，海水涌来拍打着洞口，发出像"观音、观音"的回声。

　　我们愿意在那里待上一整天，但还是勉强地站起来，走向普济寺。那里也是绝大多数人开始他们海岛游的地方。普陀山有六座较大的寺庙和十二座小寺庙，但是普济寺是它们中目前最大的。因为在普陀山

普陀山小憩

的时间只有一下午，我们敬了香后就决定沿着庙西面的香客小道步行。但是第一次，我们买了路边店里卖的一个香客背的黄色口袋。他们给每一个买的口袋上盖上一个所在庙的大雄宝殿图案，以作为进香的证明。我们盖了我们的第一个普济寺的印后就出发了。卖给我们包的人说，把这条小道走完要九十分钟。太好了！我们离开船时间还有三个小时呢。

这是条石台阶的小路，被成千上万的香客踩踏后，已经磨得很光滑了。每十分钟，我们走到一个不同的寺庙，然后再花一元人民币在袋子上盖上这个寺庙的图案。除了一路上的寺庙外，这条小路还经过了两处有名的岩礁。第一处是个斜坡，上面刻了个汉字"心"，并被刷上了红色。这个汉字如此之大，在同一时间容得下几十个人站在上面。第二处岩石位于更高的山脊上。这是一个巨大的圆形石头（另一个飞来石），看起来一阵强风吹过就会让它砸下来似的。但是台风来了又去，它依然纹丝不动地立在这里，似乎是在等着碾压哪位在它下面摆姿势照相的倒霉蛋。刚这么一想，心里马上冒出句"阿弥陀佛"。

过去，这座岛上的人曾经夸耀这里有超过两百座寺庙或祠堂。"文化大革命"期间，毁损不少。但那以后的 20 世纪 80 年代，终于看到了香客的回归。当然，现在的问题是选择住在岛上的和尚和尼姑比看门人多不了多少，而他们每天要接待成百上千来自上海和宁波像我们这样的香客和旅游者。

当我们的袋子上盖上了最后一个印后，我们发现自己终于回到了岛的西侧，这里也是小路下山的地方。时间正好。没走多远来到海港，在这里享用了我们的晚餐和很不错的海鲜。蘸了作料的蛤蚌肉非常美味。饭后，我们取回了背包，登上了我们的船。再见了，观音！

一个小时后，我们的船驶出了海港。此时太阳已经落山了，我们在甲板上一坐好几个小时，看着天上的星星，追溯我们从一个点到另一个点的江南之旅。我们的旅行线路是从香港启德机场开始的。在广州我们瞻仰了保存着慧能头发的舍利塔，然后越过了南岭，沿着乞讨者的小路到了衡山，参观了湘潭没有齐白石作品的齐白石纪念馆、毛

飞来石

心 石

泽东和刘少奇的故乡、湖南省博物馆的辛追夫人遗体、被野草覆盖的杜甫坟墓、汨罗江边的屈原祠堂、赤壁之战的悬崖、武汉的黄鹤楼，经历了长江里的夜航，去了雨雾弥漫的庐山山顶、陶渊明的家乡、虚云活了一百二十岁的大山、八大山人的坟墓、中国的瓷器之都景德镇、歙县生产墨锭和砚台的工厂、风景如画的黄山、李白的墓、孙逸仙的墓、渤泥国王的墓、道教名山茅山、茶壶之都宜兴、徐霞客的墓、苏州的园子、石屋住过的小屋、杭州西湖、绍兴老酒厂、寒山的墓、蒋介石的家乡、有佛的舍利子的寺庙和岛上观音的道场。还有些漏了的。从行走距离看，我们这一趟旅行超过三千公里，走遍了中国经济和文化的心脏地区。多了不起的一趟旅行！我们迫不及待地要回家去，把这一路的故事讲给朋友们听。

► 《空谷幽兰》

空谷幽兰，常用来比喻品行高雅的人，在中国历史上，隐士这个独特的群体中就汇聚了许多这样的高洁之士，而今这些人是否还存在于中国广袤的国土之上？这是一直在困扰着比尔·波特的问题。他于 20 世纪 80 年代末，亲自来到中国寻找隐士文化的传统与历史踪迹，并探访了散居于各地的隐修者……

► 《禅的行囊》

比尔·波特于 2006 年春进行了一次穿越中国中心地带的旅行，追溯了已经成为中国本土文化的重要支脉之一的禅宗，带读者寻访中国禅的前世今生！

► 《黄河之旅》

本书是比尔·波特深度对话中华母亲河，穿越五千里路探寻黄河源头的行走笔记，全面记录了从"白日依山尽，黄河入海流"到"大漠孤烟直，长河落日圆"的黄河流域风土人情、历史传说与古今变迁。

► 《丝绸之路》

比尔·波特和朋友芬恩结伴从西安启程，经河西走廊至新疆，沿古代丝绸之路北线从喀什出境到达巴基斯坦境内的伊斯兰堡的丝绸之路追溯之旅。沿途重温了风光壮美的沙漠、长河、戈壁、牵人思绪的佛龛、长城、石窟、古道、城堡和无数动人的历史传说，领略历经沧海桑田的千年丝路文明。

► 《彩云之南》

比尔·波特根据其在 20 多年前在我国西南云贵黔地区的亲身游历，以生动、幽默的语言为读者图文并茂地记录了自己"彩云之南"一路上的所见所闻，带我们领略西南边陲地区少数民族那些鲜为人知的故事。

► 《寻人不遇》

从 2012 年开始，比尔·波特开始了全新的旅程——寻访他所钦佩的中国古代诗人故址。他从孔子的故乡曲阜出发，到济南（李清照），往西安（白居易），经成都（杜甫、贾岛），赴湖北（孟浩然）、湖南（屈原），并一路走到南方，陶醉于陶渊明、谢灵运的山水之中，最后到达浙江天台山诗僧寒山隐居之地。他带着"美国最好的酒"——用玉米酿制的波旁威士忌，向每一位诗人致敬。

► 《江南之旅》

对中国人而言，江南不仅仅指地图上的某个地方，更是一个难以用语言表达的精神上的代表。它可能存在于气质典雅的紫砂壶中，也可能存在于质厚甘醇的绍兴老酒里。带着憧憬，比尔·波特踏上了跨越 3000 公里的旅程，另类解读中国的"江南 style"。

图书在版编目（CIP）数据

江南之旅 /（美）比尔·波特著；朱钦芦译 . -- 2
版 . -- 成都：四川文艺出版社，2018.6（2018.8 重印）
ISBN 978-7-5411-5088-3

Ⅰ.①江… Ⅱ.①比… ②朱… Ⅲ.①游记-作品集
-美国-现代 Ⅳ.① I712.65

中国版本图书馆 CIP 数据核字 (2018) 第 077891 号

JIANG NAN ZHI LÜ

# 江南之旅

［美］比尔·波特 著

朱钦芦 译

责任编辑 王筎竹
特邀编辑 赵 晶
版式设计 乐阅文化
封面设计 古涧千溪

出版发行 四川文艺出版社（成都市槐树街 2 号）
网 址 www.scwys.com
电 话 028-86259287（发行部） 028-86259303（编辑部）
传 真 028-86259306

邮购地址 成都市槐树街 2 号四川文艺出版社邮购部 610031
排 版 北京乐阅文化有限责任公司
印 刷 三河市中晟雅豪印务有限公司
成品尺寸 150mm×230mm 1/16
印 张 18.5 字 数 190 千
版 次 2018 年 6 月第二版 印 次 2018 年 8 月第二次印刷
书 号 ISBN 978-7-5411-5088-3
定 价 46.00 元